# 刀剑神域

**014**

# SWORD ART ONLINE

## Alicization Uniting

(日)川原砾/著　(日)abec/绘　幽远/译

浙江人民美术出版社

"没印象，也没兴趣。"

——尤吉欧 § 桐人在这个世界里遇到的第一个居民。为了夺回与自己青梅竹马的少女爱丽丝，与桐人一起来到了"中央大圣堂"的最顶层，但是……

"尤吉欧……你还记得是谁
教了你这一招的吗？"

——桐人 § 闯入神秘"虚拟世界"Under World的少年。
为了离开这里而向"中央大圣堂"的最顶
层进发。

"Release recollection!"

最高祭司
阿多米尼斯多雷特 §

"Under World"中拥有着极少见资质的少女，通过自学理解了系统命令的概念。现在是"人界"的统治者，居住于"中央大圣堂"最上层。

"怎么可能！"

——爱丽丝·辛赛西斯·萨蒂 §

尤吉欧所追寻的少女。但在经过"整合秘仪"之后，她成为了侍奉"阿多米尼斯多雷特"的整合骑士。

"我的……剑，已经……折断了……"

**"中央大圣堂"**
最顶层

镶嵌在天花板
上的水晶

**100层**
"神界之间"

**96~99层**
"元老院"
VS·丘德尔金

**95层**
晓星瞭望台

**90层**
"大浴场"
VS·贝尔库利·辛赛西斯·万

**80层**
"云上庭园"
VS·爱丽丝·辛赛西斯·萨蒂

**"中央大圣堂"最顶层**

　　"Under World"中被称为"人界"之地的统治者，最高祭司"阿多米尼斯多雷特"的居住楼层。

　　在"中央大圣堂"第九十九层可以找到升降盘，从南侧的地板进入第一百层。

　　这个宽广的圆顶状房间比九十九层还要大一圈，直径达到四十米左右。

　　整个房间都被玻璃窗包围，到了晚上能够看到满天的星空。

　　玻璃窗由"黄金色之柱"所支撑，每根柱子上都有着如同巨大的剑一般的装饰。

　　纯白的天花板上到处镶嵌着小小的水晶，有一面上还描绘众神、巨龙以及人类，以细腻的笔触讲述着神话故事。

　　地板上铺着地毯，中间放置着"阿多米尼斯多雷特"所就寝的大型圆形床铺。

"这虽然是游戏，
但可不是闹着玩的。"
　　—— "SAO 刀剑神域" 设计者・茅场晶彦

**SWORD ART ONLINE**
Alicization Uniting

REKI KAWAHARA

ABEC

BEE-PEE

# 目录

CONTENTS

SWORD ART ONLINE

整合骑士，又名Integrator。

他们能够随心所欲地使用精妙的剑技与高位的神圣术，甚至是可怕的"武装完全支配术"，可以说是最强的剑士。

在三百来年的漫长时光中，他们守护着人界四帝国的法律与秩序，同时也守护着公理教会的支配体制，但其实整个骑士团的规模小得惊人。看一个月前刚刚就任的艾尔多利耶·辛赛西斯·萨蒂万的名字就能知道，总数只有三十一人而已。

但是，这个事实无损于整合骑士们的强大与恐怖，反而成为了最好的诠释。因为，他们以这不足SAO与ALO里一个满编团队的人数，不停地击退着从包围着整个人间界的暗黑帝国而来的侵略者。

我——过去曾被称为"封弊者"或者"黑色剑士"，现在则是在北圣托利亚修剑学院里学习的上级修剑士桐人，仅凭着腰上的一把长剑，与我唯一的好友一起，挑战那些能够横扫千军的整合骑士们。尽管不是我们主动发起叛乱，而是经过被捕、入狱、越狱等我们没有预料的事件而导致双方开战，但既然已经开始反抗公理教会这个至高无上的统治组织，我们也只能不停地向前迈进了。

"霜鳞鞭"艾尔多利耶·辛赛西斯·萨蒂万。

"炽焰弓"迪索尔巴德·辛赛西斯·赛门。

"天穿剑"法那提欧·辛赛西斯·图以及她手下的"四旋剑"。

"金桂之剑"爱丽丝·辛赛西斯·萨蒂。

我们费尽千辛万苦，将拥有着被称为"神器"的最强武器的骑士们一个个打败，不停地攀登着公理教会中央大圣堂的大楼梯。不用说，这自然不是仅凭我一个人的力量就能做到的。

以被称为"恶魔之树"的基家斯西达的树枝为原料，央都圣托利亚的工艺师萨多雷用了整整一年时间削出来的黑剑。

为我们提供休息场所、食物以及和这个世界相关的大量情报，还传授了能和骑士们对抗的武装完全支配术给我们的贤者卡迪纳尔。

当然，还有从卢利特村出发至今约两年的时间里，一直在我身边的好友尤吉欧——

我传授了他许多名为"艾恩葛朗特流剑术"的单手直剑剑技，但他给我的东西更多。我被突然丢到这个完全搞不清楚状况的异世界——Under World之后，之所以还能在这里存活下来，都要多亏了尤吉欧一直在帮助我，鼓励我，指引我。

而我和这个独一无二的搭档，在中央大圣堂的八十层失散了。在和整合骑士爱丽丝的激战之中，我和她从突然出现在墙上的大洞掉到了塔外。

在我拼命的说服下，爱丽丝与我暂时休战，用了一晚上的时间攀爬垂直的外墙，好不容易才从九十五层回到了塔中。为了追寻应该走在我们前面的尤吉欧，我们沿着楼梯往上走，追着那个元老长丘德尔金来到九十九层——距离公理教会的支配者，最高祭司阿多米尼斯多雷特的房间只有一层之差的地方。

在这个除了通往元老院的楼梯，以及用来上升到一百层的升降盘以外就没有其他物品的空旷房间之中，我终于与我的搭档重逢了。

但是，他已经不是我认识的那个来自边境的纯朴少年了。

全身覆盖着蓝银色甲胄的最新整合骑士，名为尤吉欧·辛
赛西斯·萨蒂图<sup>Thirty-two</sup>。

这就是我这个好友的新名字。

## 第十二章　最高祭司阿多米尼斯多雷特
## 人界历380年5月

►1

尤吉欧手中的蓝蔷薇之剑，与我手中的黑剑，在昏暗的空间中划出了鲜明的淡绿色轨迹。

两条轨迹完全对称。因为我们都是踏出同样的步数，发动的也是同一个剑技——突进系剑技"音速冲击"，所以这可以说是理所当然的。然而，就连剑尖划过轨迹顶点的时机，攻击力达到最大而让光效变得额外明亮的时机，以及银白与漆黑的剑刃碰撞在一起的时机，也都完全同步。

我不只是单纯地使用剑技，而是通过脚的踏步，身体的扭转，手臂的挥舞，让剑技得到三重加速。

然而即使如此，尤吉欧的"音速冲击"也没有比我晚上哪怕十分之一秒快。也就是说，他也让剑技进行了最大限度的加速。我记得我明明没有将这种技术完全传授给他啊。

尤吉欧一定是在我不知道的时候，还脚踏实地，毫不取巧地一直挥舞着剑吧。每天挥舞几百次，直到听到爱剑的"声音"为止。

"为什么……"

在两把剑激烈地碰撞在一起的时候，我低声问道。

"为什么这样的你会输给区区的'整合秘仪'啊。你之所以会练剑……之所以会离开卢利特来到央都圣托利亚，不是为了夺回你最重要的青梅竹马爱丽丝吗？"

"……"

尤吉欧半步不退地接住了我的剑，紧紧抿住的嘴唇一动不动，真的就像刚才他说的那样——"我和你已经无话可说。"虽然在听到爱丽丝这个名字的瞬间，那绿色的眼眸深处晃过一丝微弱的光芒，但很快就被深沉的黑暗吞噬了。搞不好，这也只是我在直视两把剑不停放出的淡绿色光芒时产生的错觉。

如果就这样保持势均力敌的状态，那么几秒钟后"音速冲击"就将结束，接着就是开始超高速的近身战了吧。那样的话就没有精力思考了。在这仅存的短短时间里，我苦苦思索着。

整合骑士，是通过被称为"整合秘仪"——实际上是对灵魂的直接操控而创造出来的。具体来说，就是将操控对象最重视的记忆碎片分割出来，然后将被称为"敬神模块"的虚假忠诚心植入进去。

整合骑士艾尔多利耶在听到母亲名字的瞬间，精神状态就变得不安定起来，就连敬神模块都快从额头那里掉出来了。也就是说，最高祭司阿多米尼斯多雷特为了让他成为整合骑士，将和他母亲有关的记忆夺走了。

其他的骑士们应该也都同样被夺走了重要的记忆。

迪索尔巴德被夺走的，恐怕是和他妻子有关的记忆。至于副骑士长法那提欧和骑士长贝尔库利目前还没有头绪，不过最有可能的也是家人和恋人。

那么，爱丽丝……也就是在离我不远处的墙边，看着我和尤吉欧单挑的金甲整合骑士，是被夺走了和谁有关的记忆呢？

最有可能的，就是现在在卢利特村生活的亲妹妹塞鲁卡了

吧。在大圣堂外墙的露台上休息的时候，我无意中提到了塞鲁
卡，爱丽丝马上作出了激烈的反应。在知道自己有一个妹妹之
后，她流下了眼泪，并从此决心反抗公理教会。

但是，在听到塞鲁卡的名字之后，爱丽丝的敬神模块并没
有出现不稳的迹象。是因为她成为整合骑士已经六年了吗？还
是说她被夺走的记忆并非和塞鲁卡有关？此时依然不得而知。

不管怎样，如果迄今为止的这些推测都正确的话——

最高祭司阿多米尼斯多雷特，又从尤吉欧身上夺走了和谁
有关的记忆呢？

在距离对峙着的我们不远的地方，停着那个元老长丘德尔
金用来逃往上一个楼层，然后又被我放下来的圆形升降盘。在
它的正上方，天花板依然开着直径一米的洞。穿过那个洞应该
就能到达最高祭司的房间，但此时它被深沉的黑暗封闭，让人
无法看清。阿多米尼斯多雷特可能就在那个洞后，但是现在却
完全感觉不到一丝气息。

但是在仅仅一小时前，就在那个洞后，尤吉欧被最高祭司
"整合"——也就是夺去了脑海里最为重要的某人相关的记忆。
但到底是谁呢？

我能想到的答案只有一个。那就是八年前在尤吉欧的面前
被骑士迪索尔巴德带走，之后他一直苦苦追寻着的爱丽丝·滋
贝鲁库——也就是现在的爱丽丝·辛赛西斯·萨蒂。

但是，既然如此，为什么此时正与我拼剑的骑士尤吉欧，
在看到只有十几米之遥的爱丽丝后，也没有任何反应呢？

艾尔多利耶光是听到母亲的名字就几乎让敬神模块脱落
了。如果说他的不稳定是因为他成为骑士的时间太短，那么在

被整合后仅仅度过了不到一小时的尤吉欧，就算在看到爱丽丝的瞬间产生更加严重的"症状"也并不奇怪。

但是，此时我面前的尤吉欧依然紧紧封闭着心灵。如果说他被夺走的并不是爱丽丝的记忆，那么阿多米尼斯多雷特从他心中夺走，或者说删除掉的，到底是和谁有关的记忆呢——

在我想到这里的时候，剑技的光芒从交错着的两把剑上消失了。

系统辅助所产生的推动力消失，黑与白的两把剑在反作用力下猛然弹开。在飞散的橙色火花中，咬紧了牙关的我与表情纹丝不动的尤吉欧再次举起了剑。

"噢噢！"

"！"

有声与无声的怒吼同时迸发，我们以完全同步的动作使出了右上段斩。猛烈碰撞后反弹开来的剑刃随后又从右侧横斩。然后撤回架在一起的剑，从左侧往下斜斩。而这一剑又同样撞到了一起。

在进入第二次拼剑的同时，我的内心再次感到惊讶。

尽管剑技在同一个水平，持剑人的条件却不同。我身上只穿着衣服，可以说是一身轻松，而尤吉欧却穿着厚厚的板甲。他身上承载的重量应该是我的很多倍，但是斩击却没有慢上哪怕十分之一秒。难道成为整合骑士就连力量都能得到提升吗，还是因为开战前爱丽丝所说的那个"心意"的效果？

我很清楚，这个世界里有着某些系统，用我以前经历过的虚拟现实网游世界里的道理无法解释。意志力和想象力这些眼睛看不到的力量，有时甚至会引发连高位的神圣术都无法引发

系统指令

的现象。

成为整合骑士的尤吉欧被彻底封闭了记忆与感情，但意志的力量却变得更加冰冷与尖锐。这从在开战前，他用一种类似念动力的力量，将我手上的蓝蔷薇之剑转移到了自己手中——爱丽丝将这种力量称之为"心意之手"——就可以看出来了。

现在尤吉欧心中的想法到底是怎样的呢？他成为整合骑士的原动力应该是将爱丽丝从教会手中夺回的坚定决心，那将其夺走后产生的巨大空虚，到底又是以什么"意志"填补的呢？

是被强行镌刻在灵魂之中的，对公理教会和最高祭司的忠心吗？我不认为，也不愿认为那便是全部。那能将黑剑稳稳接下的蓝蔷薇之剑，不可能是由这种虚伪的意志力所支撑的。

在那如冰霜一般寒冷的眼眸中，还残留着某种正在炽烈燃烧的事物。我相信这一点。

如果说有什么办法能将它唤醒的话，那应该只有一种了——

"尤吉欧。"

我一边用尽全力将剑往前推，一边低声说道：

"虽然现在的你可能不记得了……但我和你，还真的没有认真打过一场呢。"

"……"

尤吉欧以前闪耀着明亮绿光的眼睛，此时已经失去了光芒，变成了深紫色。我拼命地注视着他的眼眸深处，继续说道：

"不管是从卢利特到圣托利亚的旅行之中，还是在央都进入修剑学院之后，我思考了很多次——如果我认真地和你比剑的话，到底是谁会赢。老实说，我一直觉得，你总有一天会超过我的。"

尤吉欧的眼睛一眨不眨地承受着我的视线——不，是将其隔绝了。对现在的他来说，我只不过是必须消灭的入侵者而已。只要让他找到一丝破绽，他就会瞬间发动反击。但是，我觉得哪怕是只言片语能传到他心中也好，说出了结束的话语。

"但是，那并不是现在。忘了我，忘了爱丽丝，忘了蒂洁与罗妮耶，就连卡迪纳尔也忘记的你，是无法战胜我的。我现在就证明给你看。"

在说完这句话的同时，我屏住呼吸，将全身的力量灌注到剑上。

尤吉欧的眉头微微皱起，想要将我的剑推开。

就在此时，我迅速将剑收回。

随着"锵啷"一声，刀刃在昏暗之中划出一道笔直的火花。我被往后方推去，尤吉欧则是往前方趔趄了一下。

如果我此时站稳脚步，那么迅速恢复平衡的尤吉欧就会对我来上一招。因此我没有反抗这个势头，而是往后方倒去。眼睛的余光中，骑士爱丽丝的右手已经往左腰伸去。可能是以为我已经失败，准备拔出金桂之剑介入我们的决斗吧。

但是，她的判断早了三秒。决定胜败的关键，在于我的计策能否奏效——或者说，在于尤吉欧学到了多少艾恩葛朗特流。

在后背快要碰到地板的时候，我猛力挥起右脚，鞋尖上亮起了光芒，自下方照亮了尤吉欧的脸。

"哦哦哦！"

我吼了一声，将全身旋转起来。这是艾恩葛朗特流"体术"，往后方空翻的踢技"弦月"。

这个往后方摔倒的时候还能发动的招数，在旧SAO时代多次救了我的命。尽管在进入Under World之后我不曾在任何实战和练习中使用过，我的身体也早已熟记了它的动作。更重要的是，尤吉欧也不曾见过这个招数。

不过，我曾经教过他使用拳头和肩膀的"体术"。尤吉欧在体术上也发挥了自己的才能，单纯的攻击技"闪打"他马上就学会了，就连将身体撞击与斩击连续起来的高等技"流星破"他也只是尝试了三次就用出来了。

如果他通过自己的钻研发现了这招踢技，或者说推测到它的存在，那么就一定能躲过我的"弦月"。而这招踢技在被人回避之后，会露出极大的破绽。如果没击中的话，就只能等死了。

——一决胜负吧，尤吉欧！

我一边在心中呐喊着，一边将右脚往他的护喉处踢去。

即使面临这样的状况，尤吉欧的双眼依然充斥着干燥的寒气。他面无表情地扭过上身，想要回避我的踢击。但是，从拼剑转为前倾的势头依然存在，我那被光效包裹着的脚尖，依然在往他那无防备的下颚踢去。

"唔！"

尤吉欧大喝一声。

握着蓝蔷薇之剑的右手猛然往侧面移动。但是事到如今，就算他用出什么斩击，速度上都是我的脚占优。只要不管不顾地踢过去，就一定能抢先一步……

不对。

尤吉欧的目的不是和我两败俱伤。他的武器不是剑刃而是剑柄，目标也不是我的身体，而是迎击我的右脚。

反手握着剑柄进行敲击——这在重视剑技的华丽与勇猛的

Under World中是不可能存在的实战技巧。即使是在旧SAO时代，如果不是习惯玩家间对抗的人，也用不出这样的技巧。

如果他从侧面攻击我踢出的那只脚，"弦月"就会脱离轨道。

那么，我应该选择的目标是——

"！"

我咬紧牙关，拼命地止住踢出的右脚。但是，如果用力过度，会导致技能被强制结束。因为这感官时间仅有四分之一秒的误差，尤吉欧的右手从我的脚上掠过。

——就是现在！

哐！

一阵生硬的冲击声响起。

"弦月"并没有击中我最早瞄准的尤吉欧的喉咙，而是打在了他的右手手背上。尤吉欧也和其他整合骑士一样戴着坚硬的护手，所以不能指望会对他的拳头造成多少伤害。但是这已经能造成足够的冲击，让我能够去实现我的计划。

尤吉欧的右手猛然向上弹起，手中的蓝蔷薇之剑也飞了起来，旋转着刺入了天花板的大理石中。

我在快速闪过的视野角落看到这一点后，重新握紧了黑剑，准备在后空翻着地后迅速发动追击。

带着剩余光效的右脚踩在了地板上。我弯下膝盖吸收冲击，在身体平定下来之后就用尽全力往地上一蹬，左脚猛然向前踏去，向着已经手无寸铁的尤吉欧的胸口，发动了自左下到右上的单发剑技"斜斩"——

"?!"

因为发动剑技，身体从极端前倾的姿势渐渐抬起的我所看到的，是尤吉欧向我伸出的左手，以及五个指尖上亮起的绿色光点。

就在我的剑即将击中他那闪亮的胸甲时——

"Burst element."

尤吉欧的口中轻声念出了术式。光点——多达五个的"风素"同时迸裂，产生了爆炸性的疾风将我吞噬。因为这是单纯的解放，光靠风压是无法让人受伤的，但却也让我无法站稳，如同破布一般被狠狠吹飞。

"呜……"

我呻吟着张开双手，拼命稳定住身形。如果脑袋以这个速度撞到墙上的话，天命大概会减少一成以上。我在暴风中好不容易止住身体的旋转，将双脚对准了急速接近的墙壁。

着地的瞬间，一阵强烈的冲击从我的脚掌直冲天灵盖。我在墙上贴住片刻，等全身的麻痹都过去之后才落到了地上。猛然抬头一看，发现尤吉欧也被风吹到了对面的墙边，但似乎是因为铠甲的重量，他没有飞在空中。他从弯腰的姿势恢复到直立，脸上依然保持着那几乎要让人生厌的木讷。

等我也站起来之后，一阵低低的声音从我右侧传来。

"那个人，真的是你的搭档尤吉欧吗？"

问出这句话的，是应我的请求在墙边观战的爱丽丝。我看了一眼身穿金甲的女骑士，同样低声地反问道：

"什么意思？不是你说尤吉欧被整合了吗？"

"这倒没错……但是该怎么说呢……"

爱丽丝难得地陷入了沉默，随后说出了让我意想不到的话。

"他明明才刚成为整合骑士，不，应该说是刚成为骑士，却显得太过熟悉战斗……不管是在开战前展示的'心意之手'，还是刚才使用的风素术，都让人完全想象不到他是一个新人。"

"这些东西不是在成为整合骑士之后自动学会的吗？"

我只是随口问了一句，旁边却马上传来了严厉的呵斥。让我即使身处于现在这种状况下，依然下意识地缩起了脖子。

"骑士的技巧可不是这么轻松的东西！不管是心意技还是武装完全支配术，就连绝技和神圣术的精髓，都是在经过长年的钻研之后才能学会的！"

"也、也是哦。但是，既然如此，刚才又是怎么回事……尤吉欧应该还无法用单手制造出五个素因才对啊……"

"所以我才问你他是不是真正的尤吉欧啊。"

"……"

我闭上了嘴，凝视着慢慢向这里走来蓝银色的骑士。

在这一层的上方，是住在中央大圣堂一百层的最高祭司阿多米尼斯多雷特，她是能和大图书馆的贤者卡迪纳尔相提并论的终极神圣术师。既然她能使用那种可以改变人类记忆的可怕伎俩，那准备一个外观一模一样的冒牌货，似乎也并非不可能。但是——

"他是尤吉欧。"

我以嘶哑的声音低声说道。

尽管眼眸中没有了光芒，脸颊失去了血色，嘴角也不见了笑容，但那个整合骑士依然是我的搭档兼好友，那个卢利特村的尤吉欧。尽管我在这个世界中曾经犯下了不少错误，但至少这一点我是可以确定的。

我不知道刚成为骑士的他，为何能够使出实力位列整合骑士三强的爱丽丝都会感到惊讶的招数。更不明白为何本应持续三天三夜的强制整合，会不到一个小时就结束。

但是，不管遇到多么不寻常的状况，事到如今，我所能做的事情只有一件。

将自己的一切加诸剑上，向前进攻，仅此而已。

我深吸了一口气，又将它吐出，重新握紧了黑剑。尤吉欧似乎也感受到了我的斗志，在房间的中央停下脚步，无声地举起了右手。那看不见的"心意之手"将插在天花板上的长剑拔出，交回到主人的手中。

没错——那把高傲的蓝蔷薇之剑，是不可能屈服于冒牌货的。

尤吉欧将本应极其沉重的神器轻巧地转了一圈，摆出了中段的架势。看着他不露丝毫破绽的架势，爱丽丝低声说道：

"要我来对付他吗？"

"笨蛋，当然不行。"

我马上否定了，随后也将爱剑架在自己面前。虽然双方都失去了记忆，但尤吉欧和爱丽丝可是同在卢利特村长大的青梅竹马。我不能让这两人自相残杀，更重要的是，唤醒尤吉欧是我的责任。

在大圣堂的外墙上吊着的时候，爱丽丝听到"笨蛋"就大发雷霆，但此时她却默默地后退一步，双手叉在胸前，示意就算我被干掉了她也不会出手。

"谢谢……"

我低声地感谢了一下她的心意，随后将意识转回到战场上。

从现在这个瞬间开始，我要忘记所有和战斗无关的事情。

与剑合为一体，将我所有的技巧发挥到极限。不这样做的话，我就无法战胜整合骑士尤吉欧，无法唤醒好友尤吉欧那应该还存在于厚厚铠甲下的心。

黑剑的剑尖"叮"的一声微微颤抖了一下，此时，两年前踏上旅程的那一天，远方天空中响起的雷鸣仿佛超越了时空，传入我的耳中。

——拜托你了，搭档。

——等战斗全部结束之后，我就给你起个名字……所以，现在借我力量吧。

我对右手的爱剑念叨完之后，再次深深地吸了口气，然后屏住呼吸。

一切杂音、背景，就连温度也离我远去。这个世界上只剩下我和黑剑，尤吉欧和蓝蔷薇之剑。从两年前开始，我就在内心深处畏惧着，却同时也期待着这个瞬间的到来。

——我来了，尤吉欧！

我发出了无声的咆哮，猛地在地上一蹬。

尤吉欧保持着中段的架势一动不动，等待着我的进攻。

面对现在已经能够将艾恩葛朗特流剑术以及高位神圣术操纵自如的尤吉欧，小手段已经无法奏效了。我瞬间越过十五米的距离，将突进的速度全部附加到右上段斩上。

而尤吉欧则是以仿佛要将地板踩碎的力量踏前一步，双手握剑放出了自下而上的右下段斩。

漆黑与银白的剑刃猛烈碰撞，放出了耀眼的闪光后反弹开来。在判断出这个距离暂时不会进入绝技的对战之后，我将左手放在剑柄的底部变成双手持剑，没有违抗沉重的剑所带有的

Sword Skill

惯性，而是划出一道最短的轨道，将手高举过头。

"噢噢！"

我将屏住的气全部转换为怒吼，猛然挥剑。

如果剑的属性和剑士的技术在同样等级的话，仅凭横斩或者斜斩无法完全招架这种全力的垂直斩。尤吉欧所能做出的对应，要么是抱着同归于尽的决心使出同样的招数，要么逃出剑的攻击范围。

但是尤吉欧的剑已经因为先前的攻击而被弹到了右边，使他无法举剑，而且身体的中心也向右边倾斜，不能马上向后跳。这次一定能行！

我舍弃了一切会让招数变得无力的犹豫，将剑用力砍下。

黑剑的剑尖，已经到达尤吉欧那被蓝银色装甲保护着的左肩口了。

就算整合骑士的铠甲都有着很高的优先度，它的防御力也不至于高到能将神器级武器的攻击无伤地反弹开来。

剑发出尖利的金属音砍入护甲，在传来一阵转瞬即逝的阻力后就向下奔去。尤吉欧左肩甲到胸甲之间划过一道光芒。

随后，伴随着仿佛玻璃一般的破碎声，厚厚的护甲散碎开来。

在空中飞舞的细金属片中混杂着鲜红的飞沫。从手上的感觉来看应该不是重伤，但我的剑终究是伤到了尤吉欧的身体。

在意识到自己伤害了朋友的瞬间，我的身体仿佛也产生了被砍伤的痛觉。我的表情不由得有些抽搐，但此时已经不能停手了。在垂直斩到达地板的瞬间，我转动手腕，尽力扭动身体使出第二击——这次是从下往上的斩击。

但一声沉闷的"咔"声响起，黑剑被弹开到了一边。

刚被我从左肩砍到胸口的尤吉欧并没有因为疼痛而后退分毫，反而用右腿的胫甲踢飞了我的剑。

我领悟到这个动作同时也是为了反击而踏出的脚步，在感到害怕的同时拼命地倾斜身体。就在此时，蓝蔷薇之剑呼啸着从我的左侧逼近。

尽管我勉强地闪过了对头部的攻击，也依然无法完全躲过，左肩被横着切开了一个口子。伤口处传来的不是疼痛，而是仿佛快被冻僵一般的冰冷。此时我的右脚猛地在地上一蹬，用受伤的左肩猛地向刚挥完剑的尤吉欧撞去。

这次肩膀上传来的就是让我头晕目眩的剧痛，血珠在空中飞舞。

在红雾的另一头，我看到尤吉欧正用力踏着左脚，极力维持着平衡。

从他的姿势来看，他无法马上发动反击了。我将重新变为单手握紧的爱剑在右上方架起，漆黑的剑刃被鲜艳的蓝色光辉包裹。

绝技，单发斜向斩击"斜斩"。这一击打中右肩的话，双 ^Sword Skill
肩都受伤的尤吉欧应该就不可能保持之前的剑术水平了。

"呵……啊！"

就在我吼叫着想要释放出技能的瞬间——

尤吉欧的身后迸发出红色的闪光。

那是剑技的光芒。但是，艾恩葛朗特流里可没有那种能在右侧背对着我时用出来的招数啊。

尽管我惊讶地瞪大了双眼，但此时已经无法停下剑了，只能发动"斜斩"。

随后，尤吉欧的身体也猛然逆时针旋转。一记水平斩击划出红色的轨迹从左方袭来。

这个剑技是……双手剑单发技"反冲"。那是在被敌人绕到背后的状态下为了逆转局势而发动的反击技。

但是，我并没有教尤吉欧这样的招数。

这样的想法在强烈的冲击下七零八落。我的斜斩和尤吉欧的逆流猛烈碰撞，然后两人的剑再次猛力弹开。

尽管左肩上都在不停地飞溅出鲜血，但我和尤吉欧依然如同被磁石吸引住似的，以完全相同的动作将剑高高举起。

随后，两把剑上都亮起了深蓝色的光芒。

单发上段垂直斩击"垂直斩"。

说是垂直，但其实剑技的轨迹并没有那么严密。垂直斩的轨道一般会往自己常用手的方向倾斜个十度左右，因此两人互相用出这招的话，剑的轨道会交错在一起，在撞击之后将两人打退。

这次在途中也是如此。黑剑与蓝蔷薇之剑的剑尖往下约三分之一长的位置碰撞在一起，迸射出闪亮的火花。

但是，和旧SAO不同的是，在Under World里，剑技和剑技碰撞的话，有时候不会反弹开来。恐怕是双方的斗志——想象力，或者说是心意——将系统的斥力抑制住了。

两把剑仿佛互相吞噬一般交错在一起，迸射出大量橙色的火花与蓝色的光芒。我和尤吉欧进入第三次拼剑，两人的脸靠得很近，同时压榨着自己的剑和右手，想要完成各自的剑技。

我透过飞散的火花凝视着尤吉欧的眼睛，从咬紧的牙关中挤出了自己的疑问。

"刚才那招，有名字吗？"

尤吉欧保持着仿佛冰面一般的表情，低声说道：

"巴鲁提欧流，'逆浪'。"

我似乎在哪里听过这个流派的名字，却一时想不起来。在皱眉思索了一会儿之后，才终于想到了。

巴鲁提欧流。那是从进入北圣托利亚修剑学院后，一直到今年3月为止，尤吉欧为其担任侍从练士的上级修剑士格尔戈罗索·巴尔特的流派。

因为相比起诺尔奇亚流和高阶诺尔奇亚流，这个技术体系显得过于粗犷而缺乏美感，因此和我所侍奉的索尔狄丽娜学姐使用的塞路尔特流一样，被上级贵族出身的学生们所轻视。

但是反过来说，就是它更接近于实战用剑技。尤吉欧在担任他侍从的一年里，一直在接受着格尔戈罗索学长的剑技指导。

这样一来，又出现了一个无法忽视的谜团。

"尤吉欧……你还记得是谁教了你这一招的吗？"

我一边将全身的力量灌注到交错在一起的剑上，一边再次出声问道。

随后，一个在我意料之中的答案传来。

"没印象，也没兴趣。"

明明他也应该和我一样竭尽了全力，声音和表情却依然冰冷死板。

"我只要记得那个人就够了。我是为了给那个人举起剑，消灭那个人的敌人而诞生的……"

"……"

果然，他不只是忘了我和爱丽丝，就连格尔戈罗索学长的事情也都忘记了。但是，他还记得招数的名字和使用方法。

如果成为整合骑士的人的所有记忆都被重置，也将失去在过去的修炼中学到的剑技以及神圣术。所以最高祭司阿多米尼斯多雷特创造了名为"整合秘仪"的复杂处理方法。

这个方法并不是将对象的记忆全部删除，而只是阻碍思考的过程，让他无法回忆起来。详细原理我并不清楚，但却看得出，这其实类似于现实世界里的逆行性遗忘，也就是丧失了和自己以及周围的人相关的记忆，却还保留着语言以及其他日常生活中需要用到的能力。

阻碍思考过程的障碍物，正是插入尤吉欧的灵魂——也就是摇光之中的敬神模块。那现在模块所在的区域，原本存在的是和谁相关的记忆呢。只要能明白这一点，也许就能让尤吉欧清醒过来……

不。

要破解阿多米尼斯多雷特的妖术，光靠语言是不够的。

从被囚禁在钢铁浮游城艾恩葛朗特的那一天开始，我和许多人以剑对话过——亚丝娜、直叶、诗乃以及绝剑。而在来到这个世界后，则是索尔狄丽娜学姐、沃罗首席修剑士、艾尔多利耶、迪索尔巴德以及法那提欧和她率领的骑士们，还有此刻正在背后观战的爱丽丝。

虚拟世界的剑，并不只是由多边形构成的道具。因为上面寄托了自己的生命，所以灌注在剑刃中的东西，能够直达对方的灵魂。从憎恨中解放出来的剑，有时候会比语言还更容易让人互相理解。我对这一点坚信不疑。

抵在一起的两把剑上包裹着的垂直斩蓝光仿佛互相抵消似地渐渐变淡。

此时，就该用尽我最后的力量了。

只为了让我的一切，能够传达到朋友的心中。

"尤……吉欧！"

在剑技结束的瞬间，我大声呼喊着，将剑高高举起。

用尽全力的斩击。被弹开。尤吉欧的斩击。用剑刃的根部弹开。两人都停止了移动，在最短的距离内不停地挥着剑。剑刃的交击声与火花源源不绝地产生，让周围的空间充斥着声音与光线。

"哦……哦，哦哦哦！"

我咆哮起来。

"喝……啊，啊啊啊！"

尤吉欧也首度大吼起来。

要快，要更快。

面对我已经没有招式，没有技术，更没有战术可言的连续攻击，尤吉欧也毫不落后地跟了上来。

每次双剑交击之时，都让我感觉到那个看不见的外壳上产生了裂痕。

不知不觉中，我的嘴角浮现出了带着一丝狂野味道的笑容。没错，在很久以前，我也曾经像这样和尤吉欧毫无章法地比剑……不，应该说是乱斗才对。不是在修剑学院的修炼场，也不是在前往央都的旅途之中。没错，是在卢利特村附近的草原与森林之中……我们为了练习剑术，拿着仿佛长着毛的玩具似的手制木剑……如同孩子一样，一根筋地对打着……

两年多前才在森林中相识的我和尤吉欧，曾经有过这样的经历吗？

产生裂痕的……是我的记忆？

铮——猛烈的金属交击声，让我从一瞬间的恍惚状态中清醒过来。

黑剑与蓝蔷薇之剑以一个绝妙的角度撞击在一起，互相压抑住了对方的威力，再次进入了交错状态，静止下来。

"尤吉欧？"

我低语道。

尤吉欧的嘴唇微微动了一下，回应了我。

尽管听不到声音，但是我却能够明白。蓝银色的整合骑士，在低声念着我的名字。

他那原本白皙而光滑的额头此时已经皱出了鲜明的沟壑。微微张开的嘴中死死地咬着牙关，昏暗的双眼中闪亮着淡淡的光点。

他的视线越过了我，看向站在后方墙边的骑士爱丽丝。

然后他的嘴唇再次颤抖起来，无声地喊着爱丽丝的名字。

"尤吉欧……你想起来了吗，尤吉欧?!"

我拼命地叫喊着。结果导致剑上失去了力量，难以支撑蓝蔷薇之剑的压力，整个人向后退去。

我失去了平衡，慌乱地调整着脚步，浑身上下都是破绽。但是尤吉欧却没有追击，他呆立在原地，剑也停留在半空。

我一直退到爱丽丝附近才终于站稳了身子，然后深深地吸了口气，以我最大的音量呼喊着好友的名字。

"尤吉欧!!"

骑士的身体猛然一颤，低着的头缓缓抬了起来。

他的脸色依然显得苍白，但是却明显可以发现能称之为表情的东西。混乱、焦躁、悔恨以及怀念……似乎那些被术式冻结起来的无数感情，微微地震动了那厚厚的寒冰外壳，让他露出了一丝笑容。

"桐人……"

然后又过了片刻……

"爱丽丝……"

这次我真的听到了，听到了尤吉欧在呼唤我们名字的声音。我的剑，真的传达到了他的心中。

"尤吉欧……"

我再次呼唤了一声，好友的嘴角浮现出的笑容，变得更加鲜明了一些。

握在右手上的蓝蔷薇之剑转了一圈，变为反手握持，然后他将剑尖往大理石地板上插去。随着"锵"的一声锐响，带着淡淡雾气的蓝白色剑刃刺入地板两厘米左右。

他应该是在表达休战的意愿，因此我也放下了黑剑。我一边将屏住的一口气呼出，一边右脚踏前一步。

但是——

在下一个瞬间，发生了我意想不到的事情。

"桐人！"

爱丽丝在后面猛然大喊着我的名字。她不知何时已经来到我身边，用左手揽住我的身体，然后高高跳起。

同时，尤吉欧的口中再次传出了话语。

"Release recollection."

这个式句——

是Under World里现存的最大最强的斗技，能唤醒武器的记忆，让其发挥出超常力量的"武装完全支配术"的精髓——"记忆解放"。

蓝蔷薇之剑上爆发出耀眼的蓝白色光芒。

我无法回避，也无法防御。以剑为中心扩散开来的极寒之气瞬间就将这个广阔的空间全部冰封。不管是在地板的角落处开着口子的下行阶梯，用来上升到一百层的升降盘，还是我和爱丽丝的胸口，都被厚厚的冰层覆盖，完全无法动弹。如果爱丽丝没有将我的身体拉高，恐怕连我的头都要被冰吞噬了吧。

我们在大圣堂九十五层的大浴场里，见到了同样是脖子以下都被冰封的整合骑士长贝尔库利·辛赛西斯·万。

能将那如泳池一般宽广的浴池中装满的大量热水在瞬间全部冰封，甚至连最强最古老的骑士都无法逃脱，尤吉欧的记忆解放术绝对不可小觑。但是，在这个九十九层里，完全没有可以被他冻结的水。又没有生成大量的冻素，这么多的冰到底是怎么产生的？

不，现在应该惊讶的不是这件事。

尤吉欧为什么要这么做？他应该已经取回了记忆，为什么还要用冰将我和爱丽丝束缚起来？

我一边忍耐着仿佛将身体贯穿的寒气，一边用力地张开嘴，拼命地挤出声音。

"尤吉欧……为什么……"

在离我十五米远的地方，尤吉欧摇晃着身子站起，脸上露出哀伤的笑容，说出了简短的话语。

"对不起，桐人……爱丽丝。不要来找我了……"

然后这个身为我的好友，同时也是爱丽丝青梅竹马的少年，将蓝蔷薇之剑从地上拔出，向位于房间中央的升降盘走去。

虽然大理石的圆盘也和我们以及那下行阶梯一样被冰所覆盖，但当骑士走上去，用剑尖轻轻一戳之后，就开始散落着冰屑上升了。

一直到消失在天花板上的那个洞穴之前，尤吉欧的嘴角始终带着那仿佛忍耐着无数痛苦的笑容。

"……尤……吉欧！"

我拼命地呼唤着，但是声音却被升降盘嵌入天花板的那个洞时所发出的沉闷冲击声覆盖了。

## ►2

Remove core protection.

在将这个以前从未听闻，仅仅只有三句的式句咏唱完毕之后，尤吉欧便明白了——自己打开了一道绝对不可打开的门。

在和桐人那从未想象过的战斗发生前的一个小时。

尤吉欧遇到了整合骑士长贝尔库利，面对他那能够"斩断未来"的可怕招式，尤吉欧选择了使用蓝蔷薇之剑的记忆解放术，将自己也一起深深地冻结起来，才好不容易将对方也拖入了两败俱伤的境地。然而，一个自称元老长丘德尔金的怪异侏儒将昏迷中的他带到了中央大圣堂的一百层。

在那里，尤吉欧遇到了有着纯银色长发与明镜般的眼睛，美得不似人类的少女——最高祭司阿多米尼斯多雷特。少女对处于朦胧之中，意识尚未清醒的尤吉欧这样说道：

——你是花盆中的花，没有人用名为爱的水分去浇灌你。

——但是，我不一样。我会只爱你一人。

——不过，你必须先只爱我一个人。

少女的话语本身就如同束缚精神的术式。尤吉欧被她所吞噬，说出了她所要求的三句式式。

恐怕，那是将对人来说最为重要的东西……将守护着记忆、思考以及灵魂等事物的大门打开的禁忌术式。

阿多米尼斯多雷特带着清纯的微笑，窥视、摸索着尤吉欧的内心，然后将比冰块还要寒冷的"某种东西"插入了他的内心深处。

他就此再次失去了意识。

而在某人那似乎从遥远的地方传来的呼唤下，尤吉欧仿佛被人从黑暗的底部捞起。

睁开眼后，他看到的是耀眼的火花以及银色的剑刃，以及正与自己猛烈交战的黑发少年。

在那个瞬间，尤吉欧醒悟过来。穿上了整合骑士铠甲的自己，对自己最为信赖的朋友，以及自己最为思念的青梅竹马举起了剑。

但即使发现了这一点，那根深深刺入头脑深处的寒刺依然没有消失。那根刺上不停地传出要为了最高祭司大人杀死眼前敌人的命令，试图束缚他的思考。

无奈之下，尤吉欧只能发动蓝蔷薇之剑的记忆解放术，用冰将他所重视的这两人封闭起来。既要对抗刺的命令，又要中止战斗，他只能做出这样的选择。

……我败给了阿多米尼斯多雷特的诱惑，破坏了绝对不能破坏的东西。

……但是，即使如此，我也依然能做一些事情……那也是我必须去做的。

"对不起，桐人……爱丽丝。"

尤吉欧艰难地留下短短的一句话，踏上了自动升降盘，回到了大圣堂的一百层——阿多米尼斯多雷特的房间。

在升降盘沉重地静止下来之后，透过巨大的窗户射下的月光被尤吉欧的铠甲和右手上的剑反射开来，让他的身边漂浮着灰白色的光点。

现在时间大概是5月25日的凌晨2点吧。

如果是在三天之前，这个时候的自己早就回到上级修剑士宿舍的房间上床睡觉了。因为课程与练习的疲劳，自己每天都睡得很死，不到起床的钟声响起，自己绝对不会醒来。

仔细一想，22日的晚上是在学院的惩罚间度过，23日则是被关进了教会的地牢，根本无法好好睡觉。24日的早上越狱并连续战斗至今，疲劳早已经到达了极限，一想到这一点，身体就不由得变得沉重起来。但讽刺的是，头脑中的那根冰刺不停地释放出刺痛，让睡意被彻底赶跑。

刺——恐怕和插入艾尔多利亚额头处的紫水晶柱是同样的东西——在造成疼痛的同时所传达出的命令，既有着如同钢鞭一般的严厉，又有着宛如最高级蜂蜜一般的甜美。但是，如果再次舔舐这份甜美，他就再也无法找回自我了。

现在尤吉欧之所以能够勉强维持住原来的自我，一定是因为桐人那拼命的呼唤与全力的战斗唤醒了他。

　　而他之所以能够不受重伤就回到这个房间，也是因为爱丽丝并没有介入两人的战斗，只是在一旁观战而已。

　　整合骑士爱丽丝·辛赛西斯·萨蒂的剑技，以及能够将神器金桂之剑变为金色花瓣风暴的武装完全支配术，都蕴含着现在的尤吉欧还无法抵抗的威力。如果爱丽丝拔剑和桐人并肩作战，那么恐怕还没等尤吉欧找回自我，就会被打倒在地了。

　　身为骑士的爱丽丝为何会决心反抗公理教会，其真实原因还不得而知。恐怕就如同自己在爬大圣堂的楼梯时所想的那样被桐人说服了，又或者发生了更加严重的事情。

　　爱丽丝的右眼包裹着用桐人的衣服上撕下来的布制成的绷带，恐怕是发生了和尤吉欧在修剑学院里对温贝尔·吉泽克举剑时一样的现象。因为犯下了反抗教会的大罪，她的右眼破裂了。在学院里将尤吉欧他们带走的时候，以及在八十层的"云上庭园"重逢时都表现得油盐不进的爱丽丝竟做出了如此重大的决断，而做到这一切的并不是尤吉欧，而是桐人……

　　——但是，现在的我没有对这个事实说三道四的权利。

　　——毕竟，我败在了阿多米尼斯多雷特的甜言蜜语下，将心门打开了。这便是对桐人和爱丽丝的背叛。也背叛了蒂洁、罗妮耶、芙蕾妮卡、格尔戈罗索学长和索尔狄丽娜学姐，还有舍监阿兹莉卡老师和工艺师萨多雷先生、沃尔德农场的所有人、卢利特的赛鲁卡和卡利塔爷爷、卡斯弗特村长，以及图书馆里的小贤者卡迪纳尔。

　　尤吉欧的右手紧紧握住剑柄，忍耐着渐渐变得强烈起来的冰冷疼痛。

能够像现在这样保持住自我意识的时间可能已经所剩无几了。必须在自我消失之前赎罪。

而赎罪的方法只有一个。

尤吉欧抬起头，缓缓地扫视着附近。

九十九层的中心和一百层的中心并不一致，此时尤吉欧乘坐的升降盘停在了一百层南侧的地板上。包围着房间的玻璃窗外是满天的星空，上面有着巨大剑形装饰的一排柱子在月光与星光的照耀下闪耀着光芒。


忽然——

尤吉欧似乎听到有人在呼唤自己，抬头向上看去。

在那超过十梅尔高的纯白天花板上，和之前看到过的一样描绘着神话故事。描绘着众神与巨龙，还有许多人类的细腻画作上到处镶嵌着小小的水晶，释放着清朗的光芒。

……在呼唤我的，是那些……光?

就在尤吉欧想要凝视其中一颗水晶时——

从不同的方向上传来了真正的声音，让他迅速转过头去。

在广大房间的正中央，安置着一张直径怕是有十梅尔的圆形大床。周围被垂下的幕布遮挡，看不到里面的情形。但是仔细倾听，就会察觉到从纯白的薄布中传出了低低的声音。那是犹如歌唱，仿如细语一般的甜美声音。

是最高祭司阿多米尼斯多雷特的声音。

她似乎正在咏唱术式，但却又不是攻击术那种充满气势的韵律。如果这是她每天都必须施展的术式，那此时正是最好的时机。

尤吉欧将蓝蔷薇之剑收到剑鞘之中，放到地板上，然后将在和桐人的战斗中被破坏的银色盔甲脱下。在将护手和腿甲，以及披风都卸下后，便恢复成了原来那只有上衣和裤子的状态。他轻轻地摸了摸胸口，确定那东西还在那里。

就在他一步步地走向垂下的幕布时——

一个小小的身影从床中晃悠悠地走出，同时响起一阵让人不快的笑声。

"哦呵，哦呵呵……本以为你顶多能拖个五到十分钟就不错了，没想到你还能活着回来，真让人吃惊啊。搞不好你这条命还真是捡来的。"

看到这个走到月光下的人时，尤吉欧骤然止住了呼吸。他拼命忍耐，才使自己的表情显得不那么紧张。

眼前这人穿着右侧鲜红，左侧湛蓝的恶俗服装。在如气球一般鼓起的胸口中央，打着丑陋的补丁。

平坦的白色圆脸上长着如线一般细的眼睛，以及嘴角高高吊起的嘴巴。虽然秃头上那顶金色的帽子不见了，但是如此怪异的外形，尤吉欧也绝对不会认错。

元老长丘德尔金。正是他在尤吉欧和骑士长贝尔库利战斗快要结束的时候现身，使用"Deep freeze"的术式将骑士长变成了石块，而将很快失去了意识的尤吉欧带到这里来的想必也是他。

外表看起来只是个矮小滑稽的小丑，但恐怕他是公理教会里实力仅次于最高祭司的神圣术师，同时也是个冷酷至极的审问者。如果被他知道尤吉欧暂时恢复了记忆，他肯定会马上用出那个可怕的石化术。如果尤吉欧要完成最后的责任，此刻决不能让他对自己产生怀疑。

丘德尔金看了一眼尤吉欧脱下来放在地上的铠甲，几乎已经掉光的双眉高高扬起。

"哎呀，大人赏赐给你的铠甲居然坏成这样了。难道说……你是因为被反叛者们打得落花流水了，所以才回到这里来的吗，三十二号？"

大人指的是阿多米尼斯多雷特，反叛者则是桐人和爱丽丝，然后三十二号应该就是尤吉欧作为整合骑士的"序号"了吧。这种状况下不管说什么都有可能露出破绽，但既然被他问到，就不能不回答。

尤吉欧下定决心，尽量面无表情地开口说道：

"两个反叛者已经被封进冰中了，元老长阁下。"

听到他这样说，丘德尔金仿佛挂着灿烂笑容的脸上那两颗实际上完全没有在笑的小小眼珠放出了冰冷的光芒。

"呵呵，封进冰中？那倒是不错，不过你应该有把他们彻底解决吧，三十二号？"

"……"

尤吉欧在这刹那的沉默之中，拼命地思考着应该如何回答。

他当然没有把桐人和爱丽丝彻底解决。蓝蔷薇之剑的武装完全支配术，就是为了在不伤害敌人的同时封锁敌人的行动而创造出来的招数。就算被封闭在厚厚的冰中，只要脸露在外面，那么就不会减少太多的天命。

比起坦白这个事实，此时是不是要说已经给了他们最后一击比较好呢。但如果他去下面那一层检查一下，就会马上发现自己是在说谎了。如果是桐人的话，他一定会用自己天生的直觉和胆量给出一个恰当的回答吧。

　　——我总是躲在桐人的背后。遇到难题的时候就马上依赖他，重大的决定也都交给了他。

　　——但是，现在就是必须我来思考，我来决定的时候了。桐人也肯定不是都靠直觉来渡过难关的。他每次都是拼命思考，选择出一个正确的答案，才能将我带到这里来。

　　——我要思考。像他一样思考。

　　尤吉欧暂时忘却了头脑深处那冰冷的疼痛，开始思考起来。然后他张开嘴，以最低的音量回答道：

　　"不，我没有给他们最后一击，元老长。因为最高祭司大人的命令是让我阻止反叛者。"

　　实际上，他并不知道自己是否真的从阿多米尼斯多雷特那里接到过这样的命令。

　　但是，根据尤吉欧朦胧的记忆，之前他在这个房间里醒来的时候，周围并没有元老长的身影。既然尤吉欧在变为整合骑士的时候丘德尔金并不在场，那么他也无法判断最高祭司有否下过这个命令。这个男人绝对无法反驳最高祭司的话。

　　当然，如果十梅尔外的那张床里的阿多米尼斯多雷特本人听到了这段话，那就彻底完蛋了。但是现在她正在数重幕布之后咏唱着某种术式，那么只要音量低一些，她很有可能是听不到的。

　　尤吉欧拼命地控制着自己，不让内心的紧张表现在脸上，等待着丘德尔金的反应。

　　身穿小丑服的男人脸上那巨大的嘴唇彻底地扭曲，发出了显得很不高兴的声音。

"不行，不行的啊，三十二号。"

他用右手食指指着尤吉欧的脸。

"称呼人家的时候，要说元老长阁下。阁下哦，阁下，下次忘记加阁下的话，可是要惩罚你当马的哦？你可是要趴在地上，载着人家跑啊跑哦，呵呵呵呵。"

他发出了尖利的笑声，但又迅速用双手按着嘴，偷偷地往床的方向看了一眼。在听到最高祭司依然在咏唱着术式之后，他夸张地抚摸了一下胸口，再次发出了嗤笑。

"那人家也该去执行大人的命令了。敢和教会作对的渣滓骑士要马上Deep freeze，这可是大人的意思啊。哦，你就在这里等着吧，三十二号。有人碍事可就没法玩得开心啦，呵、呵呵呵。"

尤吉欧忍耐着从心中涌现的厌恶感，点了点头。

丘德尔金蹦蹦跳跳地向位于南侧角落的升降盘走去。恐怕他是想和对待骑士长贝尔库利那样，在将桐人和爱丽丝变为石头之前，尽情地羞辱他们一番吧。

但是，没有必要为两人担心——应该是这样吧。毕竟，用蓝蔷薇之剑制造的"冰狱"，在骑士爱丽丝的武装完全支配术面前根本不堪一击。

在八十层的"云上庭园"中，尤吉欧将爱丽丝全身都封进了冰中。但是，她手中那把金桂之剑迅速分离成了无数的细小剑刃，迅速将冰块破坏。

现在爱丽丝可能已经从冰中脱身了，就算不是这样，在看到丘德尔金出现的时候，她也肯定会毫不犹豫地使用剑的能力。

丘德尔金兴奋地大笑着，跳上了升降盘，向九十九层降下。

尤吉欧屏住呼吸等待着，只见空的升降盘迅速回归，和地板合为一体。元老长一定是因为想要独享那个封闭的空间才将升降盘升上来的吧。这样一来，就无法看到九十九层的情况了。

——没问题的，那两个人不会被区区的元老长打败。

尤吉欧深呼吸了一下，压抑住自己的不安，将视线再次投向房间中央。

他举起左手，再次按住上衣的胸口处。

——我要履行我的责任。

他下定决心，拾起剑向前走去。距离床还有三梅尔，两梅尔，一梅尔……就在此时——

之前一直没有停止的术式咏唱瞬间停止。尤吉欧下意识地停下脚步，开始思考起来。

是术式完成了吗？还是察觉到自己的接近而停止了呢？话说，最高祭司到底是在咏唱什么术式呢？

尤吉欧迅速地查看了一下周围，室内的状况没有什么变化。圆形的房间比九十九层要大上一圈，直径大概四十梅尔。但要说生活用品，就只有一张大床和地上铺着的地毯，以及支撑周围玻璃窗的几十根如同大剑的柱子罢了。此时只有金色的柱子静静地反射着月光，除此以外什么都感觉不到。

尤吉欧不再追究这些事情，再次看向那张床。突然，脑中传来了刺痛。

冰冷的疼痛再次开始慢慢加强了。恐怕他能像现在这样保持自我意识的时间已经所剩无几。必须在身体和心灵都变成整合骑士之前，做完自己该做的事情。

他又往前走了几步，来到了床前，在犹豫了片刻后，将右手的蓝蔷薇之剑放到了地上。尽管放开爱剑之后，不安与胆怯的情绪一下子涌上心头，但此刻不能让阿多米尼斯多雷特有一丝怀疑。

他直起身，深呼吸了一次后，一边祈祷自己的声音不要颤抖，一边说道：

"最高祭司大人。"

在经过了几秒，但是在感觉上仿佛要长了好几倍的时间之后，那个声音回答道：

"欢迎回来，尤吉欧。你完成我交代的事情了吧。"

"是的。"

他以没有起伏的声音简单地回答。虽然他不擅长演戏，但是在卢利特村中，他多年来都是压抑着感情生活的。只要回归到那个时候就好了，回归到在基家斯西达下遇到那个奇异黑发少年前的自己。

"真了不起，那我得奖励尤吉欧才行呢。到床上来吧。"

仿佛蜜糖一般的温柔呼唤，从幕布后传出。

尤吉欧又用左手摸了一下胸口，轻轻地掀开了包围着床的幕布。床的深处被紫色的黑暗所包裹而看不分明，但那熟悉的甜香仿佛是在引诱着他似的飘荡着。

他爬上那光滑的白色丝绸床单，一点点向前爬去。尽管这张床很大，但距离床的正中央也不过才五梅尔而已，然而他爬了一会儿，却依然什么都看不见，也什么都摸不到。

但是，如果在这里惊慌起来，发出声音的话，就会被她发现自己已经恢复意识了。他只能专心地摸索着床单，向前爬去。

突然——

在稍微高一点的地方，无声地亮起一道淡淡的光芒。

这纯白的光芒并非来自蜡烛或者油灯。虽然完全没有听到咏唱，但那的确是术式所生成的光素。飘荡在空中的光点，将浓密的黑暗驱散了一些。

尤吉欧垂下目光，在看到两梅尔外的"那个人"的微笑时，瞬间瞪大了双眼。但很快他的表情就消失了，双手按在地上低下头去。

那是一个身披紫色薄布，披散着银色长发的少女。她有着超越凡人的美貌，洞察心灵的镜眼，统治着这个人界。

最高祭司阿多米尼斯多雷特。

少女慵懒地坐在床单上，用反射着素因光芒的银色双眼盯着尤吉欧，低声说道：

"来，到我这里来，尤吉欧。按照约定，我给你想要的东西。给你只属于你一人的'爱'。"

"……是。"

尤吉欧低声回答，低着身子，一点点地向少女靠近。

在接近到一梅尔左右的时候就猛地扑过去，用左手封住嘴，不让她咏唱术式，同时右手从胸口取出"那东西"刺下去。做完这一切可能只需要两秒都不到的时间，但是面对阿多米尼斯多雷特，这个时间甚至可以说是太漫长了。

在重新确定要反叛最高祭司的时候，一阵更加剧烈的疼痛从眉头到脑袋中央划过。但是不能让对方发现。尤吉欧尽量地放松全身的力量，一点点地靠近——

"不过，在那之前……"

在距离一梅尔还有十限的时候，阿多米尼斯多雷特突然低声这样说道，让尤吉欧猛然停止了动作。

"让我再好好看看你的脸，尤吉欧。"

被她察觉到了吗？但如果是这样的话，现在行动也已经来不及了，此时只能听她的话。

尤吉欧保持着冰冷的表情，一点点地抬起头，看着少女的脸庞。

虽然尤吉欧不想与她对视，但是那双镜眼却以不容拒绝的力量，吸引着尤吉欧的视线。那对仿佛不会让人看出自己的想法，却能将对方的思考全部看穿的眼睛，在神圣术的光芒下闪烁着妖异的光芒。

在经过那仿如永恒一般漫长的几秒后，少女轻轻地张嘴说道：

"因为你的记忆里正好有漏洞，所以我就把模块插进那里了，但似乎偷懒还是不大好啊……"

她近乎自言自语的话，让尤吉欧一时无法理解。

记忆里有漏洞——也就是说，在被带到这个房间之前，尤吉欧就已经失去了一些记忆吗？但是，尤吉欧自己完全不知道过去存在着什么空白。虽然可能正是因为自己不知道，才会被称之为"记忆的漏洞"，但是贤者卡迪纳尔曾经这样说过：

"要插入敬神模块，就必须取走对那个人来说最为重要的记忆碎片。一般来说，都是对最爱之人的回忆。"

在那隐秘大图书馆中的那段时间，似乎已经是遥远的过去了。尤吉欧一边尽力回忆，一边在心中低语。

……我最爱的人。是八年前的那一天，在我眼前被整合骑士带走的爱丽丝·滋贝鲁库。我不曾有片刻忘记爱丽丝。一闭上眼睛，就能回想起在太阳下闪耀的金发，比盛夏的天空还要蓝的双眼，以及她那灿烂的笑容。

……然后，虽然和爱不一样，但是我还有一个和爱丽丝同样重要的搭档。那就是在两年零两个月前，我在卢利特南方的森林里遇到的奇异少年。他有着东方风情的黑发与黑眼，是一个"贝库达的迷失者"。他就是将我带出了村子，指引我来到中央大圣堂的好友桐人。他那调皮的笑容，也依然能够鲜明地浮现在我的脑海。

……爱丽丝与桐人。我可能再也无法看到他们两人的笑容了。但是哪怕我将在这里死去，我也可以肯定，直到最后一刻，我都不会忘记他们。

……如果可以的话，我很想带着取回了记忆的爱丽丝与桐人一起回到卢利特村……但是，我已经没有期望这种事情的权利了。因为我败在了阿多米尼斯多雷特的诱惑之下，对我最重视的两人举剑相向。

一想到这里，尤吉欧的眼角再次颤抖了一下。

也不知道阿多米尼斯多雷特是如何理解这个表情的，只见她疑惑地歪了歪头，说道：

"好像还是有些不稳定啊。没办法了，重新用整合来调整吧。奖励等之后再说哦，尤吉欧。"

她随意地伸出了右手。

也许这是尤吉欧最好的行动机会了，但是在被那纤细的手指指着眉间时，他突然遭遇了意想不到的现象。他的全身突然麻痹，别说手脚，就连嘴巴都无法动弹了。

然后在下一刻——

一种奇异的感觉，从尤吉欧的眉间直贯后脑勺。

冰冷疼痛的源头，也就是刺在头脑深处的那根冰刺，被一点点地，但是十分粗暴地拔出。虽然没有疼痛，但是每当冰刺移动的时候，眼前就会闪过白色的电光，让他仿佛看到了一些朦胧的景象。

绿色枝条在风中摇曳，树叶中漏下的阳光在轻轻地晃动。

大家欢笑着从树下跑过。

前面不远处，是一头闪亮的金发。

而旁边的，则是很有活力地翘起的黑发。

年幼的尤吉欧一边跑，一边往右边看去。但另一个童年玩伴的笑容，却消失在了白色的闪光之中——

一阵更加剧烈的冲击，将尤吉欧拉回昏暗的床中。

尤吉欧麻痹的身体剧烈后仰，额头上浮现出了一个奇异的东西。那是一个发着紫光的透明三角柱。

在蔷薇园与之战斗的整合骑士艾尔多利耶也是在听到母亲的名字之后，就突然变得怪异起来，一个类似的三角柱体被逼出了他的额头。但是，现在出现在尤吉欧额头的这个柱体要更大，上面刻着的文字更加复杂，发出的光芒也更加强烈。

自己的头里被刺入这么大一个异物的震惊，以及对阿多米尼斯多雷特能做到这种事的神圣术的畏惧，让尤吉欧默默地观察着眼前的现象。

"没错……就这样待着别动……"

银发少女温柔地低语着，右手再次向前探出，将紫色的三

角柱体轻轻地从尤吉欧的头上拔出。在异物被去除的瞬间，尤吉欧的思考化为一片空白，脱力地瘫坐在床上，

最高祭司的双手仿佛要将其抱住一般地拿着三角柱，怜爱地看着它说道：

"这个模块可是干刚刚完成的改良型呢。里面包含的回路，不只是能强化对我和教会的忠诚心，还能强化想象力 Imagination 。只要整合了它，就算不进行那些缺乏效率的训练，也能马上使用心意之力。虽然现在还只能用一些初级的技巧……"

阿多米尼斯多雷特的话语，尤吉欧大半都听不懂。

但是，有一件事是能够确定的。那个三角柱，也就是"敬神模块"会占据尤吉欧的思考，将他变为整合骑士，对桐人他们举起剑。当然，选择这条道路的是自己，但是现在敬神模块已被取出，自己不再被那虚假的忠诚心妨碍，能够更好地履行最后的责任了。此时他才发现，原本那占据着头脑深处的冰冷疼痛此时已经消失。

但是，在被阿多米尼斯多雷特指着时突然出现的全身麻痹，在模块被取出后依然不见缓解。此时他完全无法凭自己的意志让身体动弹分毫。

只要能动右手就好了。只要能够将那东西从胸前取出，对着阿多米尼斯多雷特刺下——

当尤吉欧蜷着身子低下头，调动全身力量的时候，那白皙的右手再次伸出。

尤吉欧抬眼看去，只见左手拿着模块的最高祭司已经来到他面前，两人的膝盖几乎都要碰到一起。少女带着温和的微笑，轻轻地将尤吉欧的头往自己的方向一拉。尽管力量很小，但是

尤吉欧就连这样的力量也已无法抗拒，身不由己地向前倾倒。

阿多米尼斯多雷特让尤吉欧的头侧躺在自己那并在一起的双腿上，用指尖抚摸着他的发际，低语道：

"再让我看看你的记忆吧。这次一定会把这个插进你最重视的地方。这样你就再也不会头痛了。不只如此……就连那些无聊的烦恼与苦楚，甚至是饥渴都将永远离你而去。"

白皙而纤细的指尖从尤吉欧的额头上移开，缓缓下移之后，轻轻地碰了碰他的嘴唇，他嘴巴附近的麻痹突然缓解了。

少女移开手指，脸上浮现出妖艳的微笑，下令道：

"来，再咏唱一遍之前教你的术式。"

"……"

尤吉欧微微动了动好不容易才能说话的嘴唇。

不只是在成为整合骑士和桐人战斗时的情形，就连那之前的记忆也很暧昧，但是唯有自己咏唱的三个式句，他记得十分鲜明。

**Remove core protection.**

虽然这几个神圣语他都是第一次听到，无法想象它们有着什么含义，但是有一点他可以确定：这个短短的式句，会将人生来就有的，用来保护心灵的那道门打开。

所以阿多米尼斯多雷特才能够自由地窥视尤吉欧的记忆，在已经存在的漏洞中插入敬神模块。不过按照阿多米尼斯多雷特的说法，这种"整合"并不安定，所以她还要再来一次。

尤吉欧现在还能勉强保持着自我意识，看来心之门已经再次关闭了。他不知道这是因为经过一段时间后就会自动关闭，还是阿多米尼斯多雷特出于什么原因将它关闭了。但他起码知道，要再次进行整合的话，最高祭司就必须让尤吉欧再次咏唱那三个式句。

如果他真的咏唱了的话，恐怕这次就真的会从身体到心灵都变为整合骑士，无法实现取回爱丽丝的记忆这个最后愿望了。

但是，如果他不咏唱的话，就会被阿多米尼斯多雷特察觉到他的反意。

现在这个瞬间，最高祭司毫无防备、身无片甲地出现在他面前的这一刻，就是他最后也是最大的机会。他必须拼命催动麻痹的右手，将那东西刺在她的身上。

最高祭司只是用右手指着尤吉欧，就能让他全身麻痹。不仅如此，之前在上空生成光素的时候，尤吉欧也没有听到咏唱术式的声音。

虽然种类不同，但他在前不久也曾经看过同样不用术式就能使用无形力量的场面。在下层的大浴场战斗时，尤吉欧遇到了整合骑士长贝尔库利·辛赛西斯·万。对尤吉欧来说，他是开拓了卢利特村的先祖，也是古代的英雄。他只是轻轻一挥手，就将放在远处的剑拿了过来。

不止如此。现在回想起来，大图书馆的贤者卡迪纳尔也只是挥挥手杖就能封锁通道，变出桌子。这一定是因为，在成为像他们那样的高手之后，光是在心中想象，就能发挥出和神圣术一样的威力。

尤吉欧几天前还在学院里学习神圣术课程，他的神圣术水平别说和阿多米尼斯多雷特和卡迪纳尔比了，就连侍奉公理教会的见习修道士都要比他强得多。

但是，现在——

现在只能靠心的力量，来打破束缚身体的麻痹术了。

过去，桐人曾经对他说过，在这个世界里，你往剑上灌注什么东西是非常重要的。他的意思，只可能是在说，从心中产生的力量会进入剑内，对斩击进行强化。

如果心能让剑变得更强，那么如果是神圣术的话……不，人的任何行为，都有可能发生同样的事情。

——动起来。

尤吉欧张开嘴，缓缓地吸着气，开始默念。

——动起来啊，我的右手。

——我在过去的人生中犯下了许多错误。没有救下被整合骑士带走的爱丽丝，之后的几年里也没有想过要去救她，然后在好不容易到达旅途终点的时候又迷失了方向。而现在，就是我为我的软弱赎罪的时候了。

"动……"

尤吉欧的口中发出了嘶哑低沉的声音。

"动……起……"

在他上方看着他的阿多米尼斯多雷特收起了笑容，银色的双眼像是在探究尤吉欧的真正想法似的眯了起来。此时已经无法回头了。尤吉欧将从心的每一个角落收集起来的力量，集中到了右手上。

但是，麻痹依然没有消失的迹象。无数看不见的针牢牢地钉在他的手指与手掌上，阻碍着他的动作。但是，只要能在这个瞬间动起来，哪怕右手变得支离破碎也在所不惜。哪怕再也无法挥剑也无所谓。所以，哪怕只有一次也好……

"动，起，来！"

在尤吉欧从喉咙里挤出这一声怒吼的瞬间——

他那只摊在床单上的右手被淡淡的光芒包裹了起来。这光辉是如此地温暖，如此地柔和，仿佛能将一切疼痛与苦楚消融。那贯穿了骨与肉的冰针被迅速地融化了。

"你？"

阿多米尼斯多雷特低语着，想要往后退去。

但此时，尤吉欧已经抬起从麻痹中解放出来的右手伸进上衣的胸口，拿出了被细小的锁链吊着的那个东西。

那是一把闪耀着浓重赤铜之色，小到了极点的短剑。

尤吉欧反手握着这把剑，向阿多米尼斯多雷特那身轻薄衣物的胸口，低低的领口中露出的白皙肌肤上刺下。

这个距离是不可能让她躲过的。虽然短剑的剑刃部分只有仅仅五限长，但在几乎贴身的情况下，不可能刺不中对方。

但是，在那如同针一般的剑尖即将刺入阿多米尼斯多雷特身体的刹那，一种让尤吉欧无法想象的现象发生了。

喳！如同雷鸣般的碰撞声响起，同时以短剑为中心，产生了一层同心圆状的光膜。

那一圈圈闪亮的波纹，是一串串极为细微的神圣文字。那近乎没有实体的薄膜，阻碍了短剑那锐利的剑尖。

"唔……"

尤吉欧咬紧牙关，使出自己所有的力量，抵抗着那巨大的斥力。

他右手上握着的短剑是由贤者卡迪纳尔所赠，当时她给了桐人和尤吉欧各一把。这把短剑本身并没有什么攻击力，但是能让位于被隔绝的图书馆里的卡迪纳尔对被刺中的人施展神圣术。

尤吉欧的短剑，是用来让整合骑士爱丽丝陷入沉睡的。

而桐人的短剑，则是用来打倒最高祭司阿多米尼斯多雷特的。但是，他在第五十层的时候，将自己那把短剑用来救与自己战斗的副骑士长法那提欧·辛赛西斯·图了。

当时，卡迪纳尔那穿越了空间传来的声音这样说道："阿多米尼斯多雷特很有可能正处于非觉醒状态。只要在她醒来之前到达最上层，就可能在不用短剑的情况下将其消灭。"

但是，已经来不及了。既然最高祭司已经觉醒，那么要打倒和卡迪纳尔有着同等力量的她，就只能使用尤吉欧手上的这把短剑。

取回爱丽丝的记忆，和她一起回到卢利特村。在很长一段时间里，这都是尤吉欧的愿望。但是，尽管只是一时的错误，但他还是被最高祭司的话语迷惑，穿上整合骑士的铠甲，对桐人——还有爱丽丝举起了剑。尤吉欧觉得，此刻的他已经不配再拥有这样的期望了。

如果说还剩下什么方法可以赎罪的话——

那就是舍弃自我——不为个人的执着，而是为更大的使命而牺牲，仅此而已。

仅有十一岁的爱丽丝被带离了故乡，变成被封锁了记忆的骑士。

没有犯下任何罪孽的蒂洁和罗妮耶，被人利用贵族的特权污辱。

为了破坏这种扭曲的支配制度，他要用尽自己剩余的全部

力量与天命。只要能够打倒最高祭司，哪怕自己死在这里，自己离开村子旅行前往央都的日子，以及在学院学习的岁月也都没有白费。

他抱着这样的决心挥下短剑，但是却被紫色的薄膜阻挡，无法刺在阿多米尼斯多雷特的身上。而最高祭司似乎也没有料到尤吉欧的行动，她急促地呼吸着，上身向后仰去。

她那瞪大的银色双眼中，泛起了饱含着怒意的光芒。

即使被她愤怒地凝视着，尤吉欧也依然毫不在意地将右手放在左手上，将自己剩下的全部力量往短剑上按下。

"唔……哦哦哦！"

当那如针一般纤细的剑尖，在那释放着强烈光芒的障壁上刺入了仅仅一微限的时候——

形成障壁的无数神圣文字放出白光炸裂开来，将尤吉欧和最高祭司猛然吹飞。

"唔！"

尤吉欧仿佛被巨人的手掌扫到一般，瞬间飞出床外。但即使如此，他也同时做到了两件事。

在短剑从他手上弹飞的时候，他及时地握住了系着短剑的锁链。而在后背猛然砸到地上的瞬间，他伸出左手握住了旁边的蓝蔷薇之剑的剑鞘。

即使将沉重的爱剑抱在怀中，也依然没能减缓尤吉欧的势头。他在床上翻滚了好一阵子，最后猛然撞到了远处的大窗上才终于停了下来。

"呜……"

尽管痛得呻吟起来，尤吉欧还是拼命地抬起头，看向房间的中央。

从高高的天花板上垂下的薄布已经被全部吹走，露出了圆形的大床。而在床的后方，是一个静静站立着的人影。明明应该和尤吉欧一样因为障壁的爆炸而被吹飞，但此时她只是一头长发在缓缓地晃动着，完全没有受伤的迹象。而从尤吉欧身上拔出的那个三角柱，此时正在她的左手上闪烁着光芒。

那身紫色的轻薄衣物倒是无法承受爆炸的冲击而被撕得粉碎，但阿多米尼斯多雷特对自己一丝不挂的身体毫不介意，只是抬起右手，整理着自己那头长长的银发。

然后她直接弯腰坐在半空，交叠起纤细的双腿，仿佛她身下有着一个透明的椅子。然后她无声地在空中移动，在距离趴在大房间南侧角落的尤吉欧还有十梅尔左右的地方停了下来。

最高祭司坐在透明的宝座上，右手手指抵着下巴，直直地盯着尤吉欧，而他则无法动弹分毫，也说不出话来。过了一会儿，银眼的少女才浮现出淡淡的笑容说道：

"我本来还想不通你是怎么藏起这种小道具的呢……看来是图书馆里那个小不点干的了。居然能让它从我的知觉里过滤<sup>Filter</sup>掉，看来一段时间不见，她也能玩出这种机灵的小花招了。"

她的喉咙中传出一阵轻笑。

"不过，很遗憾，我也不是光顾着睡觉的。小不点的失败，就在于为这个玩具赋予了金属<sup>Metallic</sup>属性。现在任何的金属物体<sup>Object</sup>都无法伤害到我的皮肤。不管是兽人的大刀，还是裁缝店里的缝衣针都一样。"

"什……"

尤吉欧倒在地上，低声呻吟着。

金属武器绝对无法伤害。

如果她说的是事实，那不就意味着包括卡迪纳尔所给的短剑在内，所有用剑发动的攻击都对她无效了吗？之前那个挡下短剑剑尖的紫色薄膜应该就是那个防御术了，而即使要用神圣术将其解除，尤吉欧也想不到对应的术式，就算找到，他也不觉得自己能够用得出来。

尤吉欧只能用右手将那把小得能被自己藏进手心的武器紧紧握住，抬头看着坐在空中的阿多米尼斯多雷特。而赤裸的少女看着他，温柔地低语道：

"可怜的孩子。"

"……"

"真是白费了我和你的约定。我说了，只要你将一切都奉献给我，我也会用同样的爱回报你。只差一点点，你就能得到你一直渴求的永恒的爱，永恒的支配了。"

"……永恒的……爱……"

尤吉欧下意识地用嘶哑的声音重复着。

"……永恒的……支配……"

最高祭司用左手抚摸着刚从尤吉欧的额头上拔下来的敬神模块，点了点头。

"是啊，尤吉欧。将一切都交给我，我就会马上治愈那折磨着你的饥渴。你一直怀着的不安与恐惧也会消失。这是最后的机会了，尤吉欧。用你左手的剑毁掉右手上的玩具。这样的话，我就会用我伟大的爱，去饶恕你的罪孽。"

"……"

尤吉欧趴在地上，来回看着左手抓住的蓝蔷薇之剑和紧握在右手中的赤铜短剑。然后他再次抬头看向阿多米尼斯多雷特说道：

"爱便是支配与被支配？真正可怜的人，是只能说出这种话的你吧？"

"……"

这次是最高祭司紧紧闭上了嘴。

只要她那纤细的右手一挥，就会落下超高位的神圣术，让尤吉欧的天命瞬间消失吧。但即使明白这一点，他也毫不畏惧地继续说道：

"你一定也和我一样。一直渴求着爱，探寻着爱……但是却从来不曾得到。"

他一边说，一边在心中低语着。

——也许，我真的是一个连双亲的爱都得不到的孩子。

——但是，即使如此，依然有许多人爱着我。

上一代的砍伐者卡利塔爷爷。教会的阿萨莉亚修女。见习修女赛鲁卡。

对我讲过许多故事的祖父。曾在我小时候照顾我的丝莉凉姐姐。

沃尔德农场的巴诺大叔和特丽莎婶婶。双胞胎特琳和特璐尔。

锻炼了我的格尔戈罗索学长。舍监阿兹莉卡老师。

还有虽然相处时间不长，但是在担任我侍从的日子里一直对我展现笑容的蒂洁。照顾我搭档的罗妮耶。

还有，桐人。

爱丽丝。

"你错了啊,可怜的人。"

尤吉欧直视着阿多米尼斯多雷特那闪亮着神秘彩虹光芒的眼睛,一字一句地说道:

"爱不是用来支配的。也不是索求回报,通过交易得到的。就如同给花浇水一样,源源不断地付出……这一定就是爱了。"

听到他的话,阿多米尼斯多雷特的嘴角再次浮现出淡淡的笑意。

但这个笑容中,已经没有了那如蜜糖一般的甘甜。

"真遗憾,我本来还想饶恕你反叛公理教会的大罪,拯救你的灵魂,得到的却是这样的评价。"

飘浮在空中的银发少女迅速从"人"变成了"神",这样的变化不由得让尤吉欧屏住了呼吸。

她并没有什么外观上的变化。但是那晶莹剔透的白皙肌肤,开始为一种无法估量的气势——或者说神性更适合——所覆盖。这仿佛在昭示着她那压倒性的力量,只要她指尖一动,不管是多么强大的剑士还是术者,都会被撕得粉碎。

"尤吉欧……你难道以为……我需要你吗?以为,因为我想将你变成骑士……所以不会要你的命?"

少女的浅笑中没有展现出任何感情。尤吉欧只能用右手紧握着短剑,抵抗着全身上下的沉重压力。

"呵呵……我已经不需要你这种无聊的孩子了。我会将你的天命全部吸收,尸体也变成小小的宝石,放进我的盒子里。这样一来,我在以后整理今天的记忆时看到它的话,可能会有些微的感触吧。"

阿多米尼斯多雷特含笑说完，交叠在那无形椅子上的双腿上下调换了一下。

她绝对不是在威胁。在下定决心之后，最高祭司会毫不犹豫地实现自己所说的话。

现在已经逃不掉了，就算想逃也已没有退路。通往下层的升降盘要花很长时间才能启动，就算能打碎身后的玻璃窗，外面也只是距离地面几百梅尔高的虚空。

而且，在九十九层对桐人和爱丽丝使用了蓝蔷薇之剑的完全支配术的那一刻开始，尤吉欧就已经确定了自己的命运——哪怕付出生命，也要对最高祭司刺下卡迪纳尔的短剑。

最高祭司被能够阻隔任何金属武器的障壁守护着，但是尤吉欧觉得，那障壁绝非她自己所说的那样坚不可摧。之前，尤吉欧拼命将短剑按下去的时候，障壁似乎爆炸了。虽然他不认为那样就会让术式消失，但如果是爆炸后的瞬间，短剑应该能够碰到她的身体才是。

"哎呀……难道你还想做些什么？"

阿多米尼斯多雷特俯视着趴在地上的尤吉欧说道。

"居然在临死前还想取悦我一下，真是坚强的孩子。看来，把你杀了变成宝石似乎还是太无趣了啊？虽然要花一些时间，但还是把你像那个孩子一样强制整合比较好吧？"

尽管尤吉欧此时已是快要走投无路，但是最高祭司那句话里的一个地方让他很是在意，下意识地重复道：

"……那孩子？"

银发少女脸上的笑容变得更加灿烂，点了点头。

"是啊，就是你执着的那个小萨蒂嘛。那孩子不愿咏唱术式，所以自动化元老机关花了好几天才强制解除了防护[^Protect]。虽然当时我睡着了没有看到，但想必是很痛苦吧。如何？你想不想尝尝和她一样的经历啊？"

"萨蒂……爱丽丝……"

尤吉欧用不成声调的声音，呼唤着这个名字。

最高祭司所说的话，依然有大半都是尤吉欧所无法理解的。但是，起码有一点他是知道的。

八年前，小小的爱丽丝被绳子捆着带往中央大圣堂，而她在成为整合骑士的过程中，也遭到了极为残酷的对待。她拒绝说出当时尤吉欧在屈服于阿多米尼斯多雷特的诱惑之后咏唱的"Remove core protection"，结果就被强制打开了心门。和她当时的痛苦比起来，尤吉欧在之前的战斗中所受的伤根本不值一提。

自己不能在此时逃避。

在对阿多米尼斯多雷特报一箭之仇前，自己绝不能死。

"……"

尤吉欧咬紧牙关，用颤抖的双手支起身子，摇摇晃晃地站了起来。

他看着笑容渐渐褪去的最高祭司，直视着她的双眼，同时将短剑的锁链捆在右手手腕上，再用右手握住蓝蔷薇之剑的剑柄。他感受着剑柄上的白色皮革那仿佛将手吸住的触感，一口气将剑拔出，剑鞘落到了地上。

剑刃反射着从背后的窗中射进的月光，散发出蓝白色的光芒。

在十梅尔开外的半空中坐着的少女像是厌恶这种光芒似的眯起双眼，以更加冰冷的声音说道：

"这就是你的答案吗，孩子。很好……我可以让你死得至少不那么痛苦。"

她举起右手，伸出食指对准尤吉欧。

最高祭司在使用神圣术的时候，似乎不需要咏唱术式。但即使如此，要使用攻击术依然有两个不能跳过的步骤。

那便是素因的生成与加工。不管是热素冻素还是其他的属性，要生成素因，让其化形后再打出，不管是怎样的高手都要花两秒的时间。

因此，尤吉欧在最高祭司动起右手的瞬间，就已经将爱剑架到了右肩上。

蓝蔷薇之剑的剑刃开始被黄绿色的光包裹。

阿多米尼斯多雷特的指尖上生成了蓝色的光点。

"哦……哦！"

这是最后的剑。最后的绝技。

尤吉欧抱着这样的决心，一跃而起。

艾恩葛朗特流突进技"音速冲击"。

桐人的声音再次回响在自己耳边。

——你听好，尤吉欧。绝技会带动我们的身体，但是，光是被带动是不行的。

——要和绝技化为一体，用脚蹬和挥臂来进行加速。只要能做到这一点，你的剑就会以比风更快的速度打在敌人身上。

自己到底练习了多少次呢。然后又失败了多少次，一头栽进草丛里呢。

然后，自己又听到了多少次桐人那愉快的笑声呢——

尤吉欧的剑闪耀着黄绿色的光芒在空中飞翔，就连破空之声也被它甩在了身后。

最高祭司嘴角的笑容消失了，她张开了右手。

原本即将化为冰针射出的冻素在碰到蓝蔷薇之剑后猛然碎裂，随后，尤吉欧用尽所有力量的绝技，与阿多米尼斯多雷特的手掌——不，是与在她手掌前方五限处展开的紫色薄膜碰撞在了一起。

远远超过先前那次的冲击与轰鸣向尤吉欧袭来。

能够阻挡任何金属武器的紫色障壁虽然挡下了加速后的音速冲击，但是用微细的神圣文字形成的薄膜剧烈震动起来，荡起许多波纹。

如果自己用力往前推的话，应该会和几分钟之前一样让障壁产生爆炸。这次要想办法抵抗这种压力，用挂在右手腕上的短剑刺中阿多米尼斯多雷特。只要能够做到的话，哪怕身体四分五裂都在所不惜。

"给……我……破！"

尤吉欧将所有的力量压在那还残留着绝技光芒的蓝蔷薇之剑上，大吼起来。

"……"

最高祭司依然沉默，但是嘴角已经没有了笑容。她眯起的双眼中转起了彩虹般的光芒旋，伸出的右手五指已经弯曲成了危险的角度。

她之所以没有用左手攻击，是因为她的左手上还拿着敬神模块吧。尽管说要杀了尤吉欧，但却没有将它丢掉，要么是还没有放弃将他变成骑士的打算，要么是还有其他的用途。

但是，这些事情已经无所谓了。这最后的攻击一定要成功

——就算用尽最后的气力与体力都无所谓，必须做到。

"唔……噢噢噢噢噢！"

尤吉欧发出了最后的呐喊，但就在此时——

没有预料到的现象再次在他面前发生了。

蓝蔷薇之剑开始渐渐沉入紫色的障壁之中。

障壁本身并没有消失。但是，爱剑的剑尖确实在渐渐切开那些本应阻挡所有金属的神圣文字——不，是从中间穿过。

这不是幻觉。最好的证据，就是最高祭司此时也瞪大了那一双银眼。

突然，状况又发生了变化。

原本在空中接下尤吉欧这一剑的阿多米尼斯多雷特突然用力向后方跳去。

障壁也瞬间后退，失去了支撑的蓝蔷薇之剑发出了尖锐的鸣响，向正下方砍去。剑刃碰到地板的瞬间，厚厚的地板被直直地斩出了长达几梅尔的裂缝。

尤吉欧不知道发生了什么。他只知道，呆立不动的话会被最高祭司的攻击术吞噬。虽然因为刚才用尽了力量，此时手脚显得非常沉重，但尤吉欧依然在地上用力一蹬，准备进行追击。

但是，这次敌人要比他更快。最高祭司一边后退，一边生成新的素因，向尤吉欧打来。在他摆出绝技的架势时，绿色的光点已经逼近到他眼前。

尤吉欧本能地解除了架势，用蓝蔷薇之剑护住身体。随后，风素随着绿色的闪光炸裂开来，产生的疾风再次将尤吉欧吹飞到了南侧的墙边。

幸运的是，最高祭司似乎省略了素因加工的过程。如果不是单纯的素因解放，而是使用风刃术的话，他的手脚搞不好已经被砍下来了。

但是，也有不幸。这次他的后背撞上的不是上次那平坦的玻璃窗，而是窗户与窗户之间的巨大柱子。

柱子上挂着仿造大剑的装饰品，尤吉欧就撞在了剑上，然后掉了下来。如果那把剑不是以侧面，而是以剑刃朝外的话，哪怕只是装饰品也会让他受到重伤。从这点来说，尤吉欧还是幸运的，但是那几乎让他无法呼吸的疼痛，还是让他无法立刻站起身来。

——得马上动起来。下次来的就是真正的神圣术了。

尤吉欧一边告诫自己，一边拼命地支起上身。

最高祭司似乎是退到了床的另一头，只能看到她的银发在阴影之中闪耀着光芒。这个距离哪怕是音速冲击也够不着——但是神圣术却能轻易命中。如果自己还趴在地上的话，一定会被杀的。

"唔……啊……"

尤吉欧呻吟着，好不容易才抬起右膝，但是脚上却已经没有了力量。不顾他多么想要站起来，脚都只是在不停颤抖，一点都不听使唤。

——没有结束。还没有结束。如果在此时放弃，我又是为了什么才回到这个房间里来的？

——不，应该说，我又是为了什么而活到现在的？

"啊……哦……哦！"

尤吉欧背靠着金色的赝品大剑，用蓝蔷薇之剑支撑着将身体立了起来。撞到墙的时候，他受到的似乎不只是摔伤还有割伤，此时血液正一点点地滴落到地板上。

他用了超过五秒的时间才站起身，但是最高祭司却没有趁机进行追击。她就漂浮在二十梅尔外的地方，保持着沉默。

最终，从她的口中，传出一阵如果不是在这种绝对寂静的房间中，就根本不会被人听见的低语。

"那把剑……哼，原来如此……"

尤吉欧对这句话感到莫名其妙，瞟了一眼自己的右手。

插在地上的蓝蔷薇之剑。挂在手腕上的赤铜短剑。阿多米尼斯多雷特所说的"那把剑"，到底指的是哪一把呢。

他的直觉告诉他，这件事非常重要。但是，还没等他想出答案——

包裹着中央大圣堂最顶层的寂静，被不属于尤吉欧也不属于阿多米尼斯多雷特的怪异叫声打破了。

"呀，呀，哇呀呀呀呀呀呀！"

尤吉欧向声音传来的方向看去，只见在四五梅尔开外的地方，一个圆环正从地板上下沉。那是连接九十九层的升降盘。而在升降盘和地毯之间的黑色缝隙里，传出了音量稍微变大了一些的声音。

"救、救、救救我啊最高祭司大人!!"

这种如同切削金属一般刺耳的声音，无疑是来自于不久前刚下降到九十九层的元老长丘德尔金。

听到这混杂着哀嚎的叫声，阿多米尼斯多雷特从阴影中无声地走出，落在床边自言自语道：

"为什么他随着年龄增长反而变得越来越像幼儿了呢，是不是该重置了？"

　　尤吉欧警惕地看着微微摇头的最高祭司，一点点地后退到房间的西侧，与升降盘拉开距离。

　　圆盘还在不停地下沉，但是速度并不快。等它到达九十九层，让丘德尔金爬上来，再回到这里，怎么着也要几十秒。

　　——但出乎他意料的是，在地板和圆盘刚刚拉开仅仅二十限的缝隙时，两只惨白的手就抓住了洞穴的边缘。

　　"哦哦哦哦哦哦哦！"

　　怪声第三次响起，随后一个圆圆的头从缝隙中钻出。那已经没有半点毛发的秃头此时变得一片通红，强行将元老长的身体拽了出来，嘭的一声倒在了地板上。

　　和之前对尤吉欧作威作福后跑下去的时候相比，他的外表本身没有什么变化，只是那原本撑得滚圆的红蓝小丑服已经到处都破破烂烂，收缩了起来。

　　阿多米尼斯多雷特看了一眼瘫坐在地上，气喘吁吁的丘德尔金，以冰冷的声音说道：

　　"你这是怎么搞的？"

　　而尤吉欧则非常惊讶。他看到元老长那破破烂烂的小丑服下露出的手脚和躯干都如同枯枝一般细小，而头却是肥得滚圆，简直就像小孩子涂鸦时画的简笔人一样。

　　那么，在大浴场第一次见面时，将他的小丑服撑得滚圆的到底是什么呢？尤吉欧陷入了疑惑，丘德尔金则是没有发现在数梅尔以外的地方站着的尤吉欧，他迅速爬了起来，站在原地开始解释。

　　"最、最高祭司大人可能对小人露出如此丑态感到极为不快，但这都是为了诛杀反叛者们，同时也是为了守护光荣的公理教会而经过一番激战之后的结果！"

在战得笔直之后，丘德尔金才发现最高祭司此时正一丝不挂，那原本如新月般的双眼此时如同满月一般凸出。随后他猛然用双手捂住脸，滚圆的头部整个变得发红，用尖利的声音叫喊道：

"啊啊啊啊！哦哦哦哦！大人居然如此裸露，万万不可啊，小人的眼睛都要瞎了，整个人都要变成石头了噢噢噢！"

说是这么说，但是丘德尔金依然站在原地，手指间露出很大的缝隙，双眼闪亮着光芒。看到他这副模样，最高祭司也不由得用左手捂住了胸部，以仿佛会让人冻结的冰冷口气对小丑说道：

"赶快说要点，不然我真的让你变成石头。"

"噢噢噢！哦啊啊啊……啊……啊，啊啊……"

丘德尔金原本还一边扭着纤细的身体，一边发出莫名其妙的声音，但是在听到最高祭司的话后，他马上停下了动作。原本脸红发热的头也迅速地变白了。

他突然转过身，如同青蛙一边跳着来到了自己刚才跑出来的洞穴旁边。升降盘此时依然落在九十九层，还没有回到这里。

"要、要赶快把这里封锁起来！他们，那两个恶魔!!"

"你不是去解决反叛者们的吗？"

被阿多米尼斯多雷特这样问道，丘德尔金的后背猛然一颤。

"这、这这这个嘛，虽然小人和他们展开了一场让小人变得如此凄惨的勇猛果敢的战斗，但是反叛者们都是又卑鄙又阴险又恶毒的家伙……"

听着元老长尖利的叫唤声，尤吉欧分出一半的精力开始思考起来。

丘德尔金所说的"反叛者们"，无疑就是被尤吉欧冰封在九十九层的桐人和爱丽丝了。就算元老长是教会排名第二的神圣术师，就算桐人他们还被封在冰中动弹不得，尤吉欧也不觉得桐人他们会败在元老长的手上。现在看来，他真的受到了猛力的反击之后逃了回来。

不过——这样一来的话……

尤吉欧下意识地远离了升降盘所在的洞穴。一步，两步。

似乎是听到了他轻微的摩擦衣角声，正在找各种借口的丘德尔金向他这边看了一眼。

丘德尔金那眼角向上吊起的眯缝眼再次瞪大，左手指向尤吉欧，像是忘记了自己的丑态似的，居高临下地怒吼起来：

"哇呀呀呀！你，就是你，三十二号！你到底在那里干什么！居居居居然敢在大人居住的'神界之间'里拔剑，大胆，大胆！还不赶快跪下！"

"……"

尤吉欧却对丘德尔金的话语充耳不闻。

他的耳朵听到的，是从九十九层传来的轻微振动声。是那厚重的升降盘在术式的力量下开始上升的声音。

就连抓住这个机会骂个不停的元老长也很快听到了这个声音，迅速闭上了嘴。

他转过身，趴在地上往地板上的洞里看去。

"哇呀呀呀呀！"

丘德尔金发出了迄今为止最大声的惨叫，再次看向尤吉欧，以极快的语速大骂道：

"三三三三三十二号！你还等什么，赶快下去啊啊啊！这本来就是你没有好好教训他们才会变成这样的，这这这这可不是我的责任啊，大人，请您务必要体谅小人……"

丘德尔金一边说着，一边手脚并用地准备往床边爬去，但是——

一只手猛然从地板上的洞穴里伸出，抓住了他的右脚。

"妈呀呀呀呀呀呀！"

丘德尔金翻着白眼大声哀嚎，右脚用力地甩着。结果他那双尖尖的小丑鞋脱落下来，他那矮小的身躯在惯性的作用下滚了出去。元老长迅速站起身，迅速向大床扑去，掀起垂下的床单，躲进了床和地板的阴影之中。

站在床后的最高祭司似乎已经对元老长的丑态失去了兴趣，只是露出笑容，俯视着地上的洞穴。尤吉欧本想发现她有想动手的打算就马上发动进攻，但似乎她只是在等候着新的客人到来而已。

抓着丘德尔金那只鞋的手依然伸得笔直。黑色的袖子滑落，露出了那纤细却结实的手臂。

尤吉欧不由得想，那只手到底救过自己多少次呢。

不，直到今天，他都是在这只手的牵引下走到了这里。即使尤吉欧走上了错误的道路，对这只手的主人举起了剑，也依然没有改变。

升降盘继续上升。

在手之后出现的，是在战斗中被弄乱的一头黑发。之后，是颜色比此时窗外的夜空还要漆黑，发出的光芒比群星还要明亮的两只眼睛。最后，是那带着爽朗笑容的嘴唇——

"桐人……"

尤吉欧颤抖着说出了朋友的名字。虽然音量根本不足以传到十梅尔之外，好友却显得很理所当然似的看向尤吉欧，带着笑容朝他点了点头。

他的神态是如此温暖，坚强，和最初相遇的时候没有任何改变。随后，升降盘发出沉重的响声停了下来。

——桐人……你……

一种难以形容的感情，让尤吉欧的内心深处隐隐作痛。

但是，这种痛楚并不会让人感到不快。至少，和敬神模块插在脑中时感受到的苦楚相比，它是一种温和的，感伤的，让人怀念的痛楚。

看着呆立在原地的尤吉欧，身为他的搭档兼剑术老师的黑衣少年露出了爽朗的微笑说道：

"哟，尤吉欧。"

"……我不是让你别跟来吗？"

尤吉欧好不容易才挤出这样的回答，搭档则是将手里那只丘德尔金的鞋子远远丢开，脸上的笑容变得更加灿烂。

"我什么时候老老实实地听过你的话？"

"也是啊……你总是……这样子……"

尤吉欧再也说不下去了。

他原本想舍弃生命来偿还对朋友举剑相向的罪孽，哪怕身体四分五裂，他也已经下定决心要将卡迪纳尔给自己的那把作为最后希望的短剑刺到阿多米尼斯多雷特身上。但到头来，还没等他完成使命，他就又见到了桐人。

不，不对。桐人是以自己的意志出现在这里的。

他挣脱了尤吉欧的完全支配术，打败了元老长丘德尔金，在尤吉欧死之前来到了一百层。

——是的，我还活着。然后，短剑还挂在我的右手上。那么，现在便该去战斗。这是我现在必须做的唯一一件事。

尤吉欧将视线从搭档身上移开，看向房间中央。

最高祭司阿多米尼斯多雷特的嘴角依然挂着神秘的微笑，悠然地站在大床后。那双让蓝白色的月光扭曲的镜眼，依然隐藏着自身的感情，让人无法窥视。最多只能让人知道，她在俯视着新客人的同时，脑子里正在思考着什么。

在战斗再次开始之前，尤吉欧觉得自己必须对桐人说一件事。最高祭司的肉体，被能阻挡所有金属的障壁所守护——而那个障壁恐怕并非没有弱点。

尤吉欧死死地盯着最高祭司，然后缓缓地向搭档那边移动。

突然——

从桐人所在的方向突然传来了“咔嚓”一声轻微的金属音，尤吉欧不由得往右边看了一眼。

随后，在桐人的右方，一个身影从后方的柱子形成的浓密阴影中走出。

金色的头发和铠甲在蓝白色的月光下放射出了更加清朗的光。左腰上挂着剑锷仿若花朵的神器金桂之剑。白色的裙子轻轻地在空中飘荡。

整合骑士，爱丽丝·辛赛西斯·萨蒂。

尤吉欧在九十九层时，就已经看到了和桐人一起行动的爱丽丝。但是，再次看到两人站在一起，他的心突然变得更加疼痛。原本向桐人身边走去的脚不自觉地停了下来。

骑士爱丽丝先是看了最高祭司一眼，然后看向尤吉欧。

她的右脸依然缠着黑色的绷带。作为高位的神圣术师，整合骑士应该都能瞬间治好这个伤口才对，但是她却依然将它保留了下来。至于原因，也许是她想铭记这个痛楚吧。

爱丽丝盯着尤吉欧，左眼闪耀着混杂了许多感情的深蓝色。和在八十层的庭园里重逢时那种冰冷和冷漠不同，此刻她的眼睛能让人强烈地感受到其中蕴含着身为人的意志。

尽管依然没有夺回爱丽丝·滋贝鲁库的记忆，但骑士爱丽丝的内心在短短的一段时间里有了相当大的变化。而做到这一切的，毫无疑问是站在她旁边的黑发剑士。骑士爱丽丝那原本如同万年坚冰的内心，也被桐人的话语打动了。

如果——

卡迪纳尔所说的，被最高祭司藏在这个房间里某个地方的"记忆碎片"回归到了爱丽丝心中的话……

在那一刻，骑士爱丽丝就会变回尤吉欧的青梅竹马的爱丽丝·滋贝鲁库。

而恐怕与此同时，这个和桐人交谈过，收起了自己的剑，忍耐着失去右眼的痛苦，决心和他一起与公理教会战斗的骑士爱丽丝就会消失。

这是尤吉欧最大的愿望，也是他能够战斗至今的动力。但是，现在的爱丽丝自身又是否已经接受这个事实了呢。然后还有桐人……就连和他自己拼死一战的副骑士长法那提欧都要救的他，又是否真的希望骑士爱丽丝就此消失？

尤吉欧深吸了一口气，又吐了出来，强行停止了这样的思考。

现在必须集中精神应付最后的战斗。虽然阿多米尼斯多雷特一直静静地观察着状况，似乎是在思考什么，但她也有可能随时发动攻击。

尤吉欧将视线从爱丽丝身上移开，投向房间的另一头，然后再次开始移动。他踩着从背后的窗户射进来的月光，一点点地横向移动，最后终于来到桐人的身边。

尤吉欧将出鞘的蓝蔷薇之剑再次插到了地上，用它支撑着身体，轻轻地吐了口气。桐人则低声对他说道：

"你受伤了？应该……不是我的错吧？"

"……"

尤吉欧听得出来，这是搭档想用这样一句话将九十九层的那次战斗一笔带过，他的嘴角不由得微微一松，回答道：

"你的剑又没打中过我。只不过是后背撞到了柱子而已。"

"早知道还不如等我来呢。"

"我说啊……桐人，阻止你们前进的就是我啊。"

"我的脚还没弱到被你稍微阻止一下就止步不前了。"

在低声交谈之中，尤吉欧仿佛又回到了在八十层分别之前……或者说是在修剑学院的宿舍中生活的时光，心中的疼痛也缓解了少许。

但是，已经发生的事情是不会消失的。不管说多少话，败在最高祭司的诱惑下，对好友举起剑的罪孽也绝对不会减轻。

尤吉欧闭上嘴，用力地握紧爱剑的剑柄。

桐人也暂时默默地往房间深处看了一会儿，以僵硬的声音说道：

"她就是……最高祭司阿多米尼斯多雷特吗？"

站在桐人另一侧的骑士爱丽丝回答了他。

"没错。和六年前相比，她没有任何改变……"

最高祭司似乎是听到了两人的对话，终于打破了漫长的沉默。

"哎呀呀……这个房间还是第一次迎来这么多客人呢。我说，丘德尔金啊，你之前不是说过，小爱丽丝和那个非 法 的少年就由你来负责处理吗？"

话音刚落，垂落在床边的布就从内侧凸起，一颗巨大的头探了出来。元老长丘德尔金面朝完全错误的方向，一边擦着额头，一边叫唤着：

"哇、哇呀呀呀呀！这、这个，小人为了您进行了勇猛果敢、勇往直前的战斗……"

"这个我已经听过了。"

"啊呀呀呀！这、这不是小人的错啊！这都要怪三十二号偷懒，只冻住了反叛者们的半截身子……还有，三十号，就是那个俗气的金闪闪骑士，居然敢对人家用记忆解放术啊！当然啦，亮闪闪小丫头的这种小花招，是不可能给人留下一丝擦伤的，哦嘿嘿嘿！"

"我绝对饶不了他……"

爱丽丝以饱含着冰冷杀气的声音低语道。丘德尔金则压根没发现她的神态，身子转了一圈，抬起头看着站在床上的阿多米尼斯多雷特，用切割金属一般的尖利声音大喊：

"原本一号和二号就已经变得不正常了！一定是他们的愚蠢传染给三十号了啊！"

"唔……你给我安静会儿。"

阿多米尼斯多雷特说出这句话后，丘德尔金马上闭上了嘴，倒在地上一动不动。只不过他的双眼大大地睁开，尽情地看着最高祭司那一丝不挂的身体。

阿多米尼斯多雷特似乎已经不在意元老长的小动作了，她用银色的眼睛凝视着爱丽丝，微微有些疑惑。

"贝尔库利和法那提欧他们也是时候要重置了，先不说这个……小爱丽丝才用了六年而已吧？伦理回路似乎也没有发生错误的迹象……果然是受了这个非法个体的影响吗？还真是有趣啊。"

最高祭司这些话的意思，尤吉欧几乎完全无法理解。但是，银发少女的口气让他感到不寒而栗——她仿佛是在讨论自己饲养的羊，甚至是没有生命的道具。

"呐，小爱丽丝啊，你有话想对我说吧？我不会生气的，你赶快说吧。"

阿多米尼斯多雷特露出淡淡的微笑，在床上无声地向前走了一步。

爱丽丝则仿佛被隐形的墙壁推着似的后退了一步。

尤吉欧偷偷向她看去，只见骑士的侧脸变得比月光还要苍白发青，完全失去了血色，嘴唇也微微抿起。但是爱丽丝还是稳住了脚步，伸出不知何时已经脱下了金色护手的左手，用指尖轻抚着右眼的绷带。然后，她仿佛是从那粗糙的破布上得到了什么力量似的，将后退的右脚再次向前迈进。

咔。

尖锐的脚步声响起，仿佛那厚厚的地毯根本就不存在。金甲骑士并没有对眼前的统治者下跪，反而昂然地挺起胸膛，以凛然的声音大声说道：

"最高祭司大人，光荣的整合骑士团在今天覆灭了。原因是我身边区区两个反叛者手中的剑……以及，最高祭司阿多米尼斯多雷特，你与这座塔一同高筑起来的无尽执着与欺骗！"

## 第十三章　决战 人界历380年5月

▶1

——哦哦，说得好。

听着爱丽丝正气凛然的话语，我不由得在心里发表着有些不够庄重的感想。

因为不这样做的话，我就会无法忍受仿佛要让我冻结的压力而往后退去。

我们最终到达的中央大圣堂一百层，是一个直径估计在四十米左右的圆形大房间。房间中央放着一张同样非常巨大的圆形床铺，而且似乎还是这个房间里唯一的家具。

然后，一个一丝不挂，美得难以形容的美少女就站在床上。

她无疑就是公理教会——也就是人界至高无上的统治者，最高祭司阿多米尼斯多雷特。她仅仅只是站在那里，就散发着极为强烈的存在感，甚至几乎快要让我忘记，这个世界是名为Under World的虚拟世界，包括她在内的所有居民都只是保存在人造媒体中的AI，也就是"人工摇光"。

不。其实在看到她那闪亮的银发和镜子一般的双眼之前，我在踩上前往这个房间的升降盘时，手上就已经渗出了冷汗，后背因为巨大的恐惧而泛起了鸡皮疙瘩。

因为，从升降盘上方那黑暗的洞穴中，传出了比过去在浮游城艾恩葛朗特时进入的BOSS房间还要浓厚的"死亡气息"。

哪怕在Under World里失去了全部天命，真正的我——并非指上级修剑士桐人，而是现实世界里的桐谷和人，也不会死在STL之中。但是，这个自称最高祭司阿多米尼斯多雷特的少女，却有能力让我品尝到超越真正死亡的痛苦。

是的，贤者卡迪纳尔曾经说过，虽然阿多米尼斯多雷特不受自己定下的《禁忌目录》束缚，但是因为年幼时被人教授的禁忌的概念，所以她唯一无法做到的就是杀人。

但是，正因为有着这种限制，最高祭司有可能会让我陷入比Under World里的死亡还要可怕得多的痛苦——比如说变成那种如同机械一般靠管子维持生命的元老，直到永远。

不过，话虽如此——

我这种因为知道许多事情而产生的恐惧，自然不可能比爱丽丝和尤吉欧更严重。

尤吉欧的"敬神模块"似乎已经被阿多米尼斯多雷特取出来了，但是爱丽丝的那个还插在她的摇光之中。我无法想象光是像她这样和最高统治者对峙，就需要忍受多么可怕的恐惧。

即使如此，金甲骑士还是毅然决然地挺起胸膛，以响亮的声音继续说道：

"我的终极使命，并非守护公理教会！而是要守护那几万手无寸铁的人民过上安稳的生活，得到平静的休息！但是，最高祭司大人，你的行为只是在破坏人界居民们的和平！"

爱丽丝踏前一步，她的金发像是沐浴着她的信念之光，变得越发耀眼。高亢而通透的声音撕裂了弥漫在房间中的那种沉重而冰冷的气氛，将它们反推回去。

但是，站在不远处的统治者听到爱丽丝那明确的谏言，却一点也没有生气，反而是饶有兴趣似的吊起了嘴角。

反而是那不知为何钻到了床底下的丘德尔金，用他那如同用针在刺痛鼓膜一般尖利的声音大喊大叫道：

"住、住、住嘴啊啊啊啊！"

他从垂下的床单里气势汹汹地跳出，在地上滚了几下后站了起来。不过这个动作似乎让他有些头晕，身子摇晃了一会儿之后才总算站稳了脚步。他站在我们和最高祭司之间，趾高气昂地仰起身子。

那红蓝色的小丑服已经破破烂烂，之前重新填充的毒气也都跑掉了。这是因为在九十九层时，他被卷进了爱丽丝那把金桂之剑的武装完全支配术之中。

爱丽丝的武装完全支配术是相当令人惊讶的招式，它能将剑刃分为无数细小的刀刃，制造出金色的花瓣风暴。原本她是为了从尤吉欧留下的冰狱中脱身而使用的，结果刚从上面下来，正怪笑着在房间里蹦来跳去的丘德尔金也被毫不留情地卷进去了。

虽然他的逃跑功夫还是那么厉害，衣服都被撕碎了却没有受什么重伤。然而来到最顶层，他就无路可逃了。

但似乎是背后的阿多米尼斯多雷特让他得以狐假虎威，丘德尔金双手高高举起，用食指用力指向爱丽丝。

"你这个快坏掉的骑士人偶！使命？守护？可别笑死人了，呵——呵呵呵呵——"

伴随着尖利的笑声，他的身子转了一圈，破破烂烂的小丑服也飞舞起来，露出了红蓝竖条纹的内衣。然后他双手叉腰，伸出左脚用脚尖指着爱丽丝，再次大喊起来：

"你们这些骑士啊！都只是根据人家的命令活动的玩具木偶而已！要你舔脚就得乖乖地舔，要你当马就只能趴下去！这就是你们整合骑士那所谓至高无上的使命啊！"

说到这里，他差点失去了平衡，巨大的头都几乎要倒下去了，但还是靠用力扑腾着双手站稳了身子。

"还说什么骑士团已经覆灭呢，真是太奇怪啦！不能用的，包括废物一号和二号在内，连十个人都不到！也就是说，人家还剩下二十个棋子！任你一个人说得再好听，也无法让教会的统治动摇分毫啊，金闪闪小丫头！"

很讽刺的是，小丑这些肤浅的谩骂，反倒缓解了爱丽丝的紧张。骑士恢复了原来的冷静与毒舌，微微摇了摇头，以冰冷的声音回答道：

"你是笨蛋吗，稻草人。你那圆圆的头里装的难道不是脑子，而是稻草和破布？"

"什……什么！"

染红的头血气上涌，变成了紫色。但还没等丘德尔金说话，爱丽丝就以如同冰面一样顺滑的节奏继续说道：

"在剩下的二十名骑士里面，有一半是因为最高祭司说的'Reset'，也就是以术式对记忆进行调整才无法活动的对吧。而剩下的一半现在正骑着飞龙，在尽头山脉战斗呢。你是无法把他们叫回来的。如果你真敢那么做，黑暗军团就会从贯穿山脉北西南三面的洞窟以及'东之大门'进入人界，让公理教会的统治瞬间崩溃。"

"唔……唔唔唔……"

丘德尔金的脸色已经不只是紫，根本就已经发黑了。爱丽丝则是又丢下了最致命的一句话：

"不——已经崩溃了。十个骑士与他们的飞龙不可能永远战斗下去。但是，大圣堂已经没有可以替换的人了。还是说，丘德尔金你想自己去暗黑帝国一趟，和那些以勇猛出名的暗黑骑士们打一场？"

她的话让站在她身后的我不由得低下了头。毕竟，把那些替换的骑士，也就是艾尔多利耶、迪索尔巴德还有"四旋剑"送进医院的就是我和尤吉欧。

但是还没等我把头彻底低下去，丘德尔金那个脑袋就已经达到了压力的极限。

"唔哦哦哦哦哦！油、油、油嘴滑舌！你以为这样就算你赢了吗，小丫头！"

小丑的鼻子如同喷出水蒸气似的呼着气，胡乱地跺着脚。

"居然敢对人家如此无礼！作为惩罚，你在重置<sup>Reset</sup>结束后的三年里都要在尽头山脉待着！不，人家要把你变成玩具，对你做各种各样的事情！"

还没等元老长说出要对爱丽丝做什么，在他身后的阿多米尼斯多雷特仅仅一个字，就让他瞬间闭上了嘴。

"哼……"

最高祭司完全无视了脸色瞬间变白，呆立在原地陷入沉默的丘德尔金，而是看向爱丽丝，显得有些疑惑。

"看来伦理回路没出现错误<sup>Error</sup>。而且敬神模块还在工作……也就是说，用自己的意志解除了那个人施加的'Code 871'？而不是一时的冲动？"

——她到底在说什么？Code871？

阿多米尼斯多雷特的话语显得无从解释，让我皱起了眉。

但银发少女也没有再多说什么，只是用右手将披在肩上的头发往后拨，同时换了个口气说道：

"算了，更多的情况得靠解析才能知道了。好了，丘德尔金，我可是很仁慈的，所以给你一个将已经降低的评价挽回的机会。用你的术式去冻结那三个人。至于天命嘛……嗯，留下两成就够了。"

她在说完的同时，右手的食指轻轻一挥。

最高祭司脚下那张巨大的床突然发出沉重的响声旋转起来，让我不由得瞪大了双眼。

那张直径十米，带着顶盖的床仿佛巨大的螺丝一样沉入了地板之中。站在附近的元老长丘德尔金也发出怪叫往旁边退开。

床的主体都被收进了地板下，之后落下来的顶盖也旋转着和地面合为一体，然后地面上就只剩下了地毯上的一道圆形花纹。随后，最高祭司也无声地落到了地面上。

我突然想到了什么，向自己的脚下看去，只见将我和爱丽丝带上来的升降盘和地板的分界线上也有着相似的花纹。难道这个房间里有能从地板上冒出各种东西的机关？我不由得四处张望，却只在远处的墙边上看到了一处类似的花纹，尺寸还挺小。至于会从那里面出来什么东西，此时还不得而知。

没了那张床之后，最顶层就让人觉得极为宽广了。

圆弧状的墙壁上镶嵌着没有一丝灰尘的玻璃，金色的柱子支撑着穿顶状的天花板。而天花板上装饰着似乎取材自创世纪的精密画作，镶嵌于各处的水晶如同星星一般闪烁着光芒。

有些让我意外的是，所有的柱子上都挂着模仿剑的外形制成的金色物体。最短的也有一米长，最长的能达到三米，但是剑柄部分很小，怎么想都不可能将它们从柱子上拿下来当武器用，而且剑上的锋刃部分看起来也不够锐利。

不管怎样，这个大圣堂一百层是一个没有任何遮蔽物，完全不适合用来和神圣术师战斗的空间。做出这样的判断之后，我开始将重心移向右脚，准备在丘德尔金开始咏唱术式之前进行突击。

但是，还没等我开始动作，眼前的爱丽丝就轻轻摇了摇头。

"贸然冲上去是很危险的。最高祭司大人应该有着那种只要用手碰到就能将我们活捉的术式。之所以要丘德尔金先上，一定是准备找准破绽接触我们。"

"说起来……"

之前一直保持沉默的尤吉欧以紧张的声音低声说道：

"最高祭司明明能杀了我，但却没有下手。而且元老长在将贝尔库利先生变成石头的时候也是特意踩……不，是直接接触的。"

"原来如此，'接触对象的原则'吧。"

我点着头低声说道。如果你要在一个对象上施加术式，那么除了投射型攻击术——也就是用火焰与冰刃进行的攻击之外，原则上都必须用手——大概脚也行吧——去接触对象。这是学院的初等练士也知道的神圣术基本法则。

也就是说，只要不直接接触丘德尔金和阿多米尼斯多雷特，就不必担心会中那个可怕的石化术。但同时这也意味着我们无法进入剑的攻击范围之内。

这样看来，状况还是很不利。论神圣术的水平，我和尤吉欧远远不及爱丽丝。如果在远距离上进行术式的对轰，即使是以一敌三，身为元老长的丘德尔金也很可能会压制住我们。

就在我咬着嘴唇不停思索的时候，尤吉欧似乎还想说什么。

"而且……最高祭司的全身……"

但就在此时，跌坐在地板上的丘德尔金如同装了弹簧似的一跃而起。

"呵呵呵！"

他一边对慌忙摆出架势的我们露出和之前一样的讨厌笑声，一边讨好着背后的统治者。

"像这样的三只小臭虫，您明明只要一根小指头就能碾死，却还特意将这样的快乐留给小人，您的心胸实在是无比宽大！小人泪流满面！泪流满面啊！啊呜，啊呜呜呜……"

然后他还真的从眼角里流出了黏液状的眼泪，让我们都看呆了。

阿多米尼斯多雷特似乎也懒得再理他了，丢下一句话后就后退了五米。

"随便你怎么玩吧。"

"遵命！小人会拼尽全力，只为不辜负您的期望！"

丘德尔金用两手的拇指按住太阳穴，眼泪马上就止住了，仿佛那里就是开关似的。矮小的小丑露出无声的笑容，死死地盯着我们。

"好了好了好了……你们可别指望说句对不起就能了事。在你们哭着跪下来之前，就做好被人家一点点地将天命打掉至少八成的准备吧。"

"你的蠢话我已经听腻了。就像之前说的那样，我会把你那肮脏的舌头连根砍断。赶快过来受死。"

爱丽丝即使在舌战中也是一步不退，右手握住爱剑的剑柄，瞬间摆开了架势。

在大概十五米外的地方，丘德尔金依然保持着双手在胸前交叉的奇怪姿势。

"不不不不不可饶恕！既然这么想要人家这根漂亮的舌头，到时候就把你全身上下舔个遍！在那之前要先把你冻成一块石头！喝啊！"

丘德尔金大喊起来，高高跳起来了个直体后空翻一圈半转体一周后猛力着地——用的不是脚，也不是手，而是头顶。

"……"

我和尤吉欧还有爱丽丝一下子都哑口无言了。确实，以元老长这种头大躯干小的体格，也许倒立过来还更稳定一些，但是这样一来他动都动不了了，又能干什么？

但是丘德尔金本人的表情却十分认真——虽然因为上下颠倒，挺难看清表情的。他猛然伸开双手双脚，以尖利的声音喊起了神圣术的起始句。

"System...ca——ll！"

而爱丽丝则是响亮地拔剑出鞘。我和尤吉欧虽然不知道该怎么应对，但还是架起了剑。

"Generate cryogenic element！"

丘德尔金用有些卷舌的发音喊出了生成冻素的术式。

远距离攻击术的威力与规模，基本上可以从最开始生成的素因数量上预测出来。我眯起双眼，想要看清元老长手上有几个光点。

啪！倒立的丘德尔金双手一合，再大大地张开。蓝色的光点随着轻微的振动声出现在左右手的指尖——数量是十个。

"可恶，最大数啊。"

我不由得暗骂，但这倒也没有出乎我的预料。就算是只比初学者好一点的我，集中精神之后也能单手同时生成五个素因。丘德尔金身为公理教会中除阿多米尼斯多雷特之外的最强术师，能够双手生成十个可以说是理所当然的。

爱丽丝没有动作，我则是向右走了一步，举起左手准备生成反属性的热素。尤吉欧也做出了同样的动作。只要我们两个人各自制作出五个素因，也许就能够防御住丘德尔金的冻素术了。

但就在我们准备喊出起始句的时候——

啪！一阵干巴巴的声音再次响起。

那是倒立着的丘德尔金灵巧地将两只赤裸的脚掌拍在一起的声音。然后他两只脚和双手一样猛然张开成一直线——伴随着如同霜降一般的声音，十个冻素在他的脚趾尖上生成。

在我左边的尤吉欧以变调的声音低声说了一句话，我对此深有同感。

"开什么玩笑……"

丘德尔金双手双脚保持着合计共二十个的蓝色素因，颠倒的嘴上露出了大大的笑容。

"哦呵、哦呵呵呵呵……小鬼们，害怕了吧？可别把人家当成那种喽啰术师啊。"

Under World里的神圣术，或者说是魔法，是通过声音命令与术者的想象来控制的。比如说，要使用治愈术的时候，如果对被治愈的对象有敌意的话，效果就会骤降。而如果你拼命地祈求想要治愈他的话，就会产生超出术者权限的治疗效果。

操纵素因的攻击术也是一样的。

要将产生的素因变形后打出，光靠声音命令，也就是术式，是完全不够的。还必须要有想象中的导线，将素因和术者的意识连接起来。

这种导线就是手指。从术式开始直到结束，都必须保持着"一根手指连接着一个素因"的想象。

也就是说，不管是多么高位的术者，一般来说也只能以双手来操纵十个素因。如果要突破这个限制，将脚趾也拿来当做导线的话，就只能想办法浮在空中——或者只以头来维持倒立状态。就像现在的丘德尔金一样。

"哦呵呵呵！"

丘德尔金以尖利的声音继续大喊着，超高速地咏唱完素因变形命令，对呆立在原地的我们猛力挥动了右手，然后在间隔了极短的时间之后又挥出了左手。

"Dischar——ge！"

咻！

五根冰柱牵引着寒气的漩涡击出，撕裂了空气。然后又是五根紧随其后。

我们想要回避，然而冰枪形成了两个有着高低差的扇形，扩散着朝这边飞来，根本没有死角。就在我右手重新握紧爱剑，准备只把会击中自己的冰柱打下来的时候——

我的视野被金色的光辉填满了。

爱丽丝的金桂之剑横着挥出，从剑尖开始分裂成无数的细小刀刃，猛然扩散开来。

尽管已经不是第一次看到爱丽丝的武装完全支配术了，但我和尤吉欧依然为这令人心生惧意的美而屏住了呼吸。

大圣堂最顶层的光源，只有从南面的玻璃窗中射下的蓝白色月光。但是这些金色的花瓣似乎会自己发光似的，带着金黄色的轨迹，化为密集的流星雨飞在空中。

"喝！"

爱丽丝大喝一声，挥下了手中仅存剑柄的金桂之剑。

飞舞在空中的花瓣风暴将十根冰柱包裹起来，传出了锐利的切削声。丘德尔金放出的冰枪如同被丢进了高速运转的搅拌机中的冰块，瞬间化为无害的刨冰，消散在了空中，变回了资源。

"唔……咕唔唔唔唔……"

自信十足地放出了神圣术却被瞬间化解，丘德尔金将自己的牙咬得嘎吱作响，不甘心地吼道：

"别以为靠这种破烂刨菜板就能赢过人家！

冻素划出蓝色的平行线飞起，在天花板附近融合起来，形成了一个四方形的冰块。

冰块发出沉默的振动声，变得越来越大，成长为边长恐怕有两米左右的立方体。然而变形还没有结束，它所有的面上又猛然伸出了凶猛的尖刺。

如果法则是以现实为基准制定的，那么这块冰骰子的重量恐怕有七吨以上。仓促之间，我怎么也想不出用剑能够接下那东西的方法，下意识地往后退了一步。

"哦呵呵……如何啊，这便是人家最强的术式！来吧，被压成肉饼吧！"

　　倒立在地上的丘德尔金将指向上方的双脚向前方倒去。长满了刺的骰子发出轰隆隆的声响开始落下。

　　我和尤吉欧拼命分别向左右两边退去，但是骑士爱丽丝依然一步不退。她屹立在原地，昂然注视着眼前那即将把自己压成肉酱的巨大物体——

　　"喝……啊啊啊啊！"

　　她发出了迄今为止最为响亮，也最有气势的怒吼，将右手握着的剑柄高高举起。

　　漂浮在周围的金色刀刃发出清脆的声响凝聚起来，化为一个长度约有三米的圆锥。表面上长着无数倒钩的巨大钻头轰鸣着旋转起来，迎击落下的冰块。

　　两个物体接触的瞬间，极大的声响和耀眼的闪光同时爆发，让整个房间都动荡起来。

　　"咕唔哦哦哦……一定、压、压扁……你啊!!"

　　"击碎它……花瓣！"

　　元老长和整合骑士那堪称美丑两个极端的脸都同样地扭曲起来，拼命地怒吼着。

　　在如此厉害的大招互拼中，能以数值衡量的优先度<sup>Priority</sup>自然很重要，但是意志力和想象力才是决定胜负的最大因素。

　　蓝色的冰块和金色的螺旋隔着白热化的接触点对抗了几秒钟，最后终于渐渐地开始互相接近。因为那炫目的光芒和刺耳的响声，我判断不出到底是冰块用重量压垮了钻头，还是钻头以它的旋转刺穿了冰块。

　　一直到两个物体几乎重合到一起的时候，胜负才终于揭晓。

　　随着一声尖锐的破碎声，冰块的表面布满了纯白的裂缝。

随后，宛如一个小屋的冰块四散开来，迸射出大量的碎片。周围的空间瞬间被染成一片纯白，我用左手挡下了扑面而来的寒气波浪。

"哇呀呀呀?!"

丘德尔金发出了变调的哀嚎。

保持着倒立的他，那如同棍棒一样的四肢颤抖着。

"怎……怎么会有这种蠢事……人家由大人传授的，超绝美丽终极帅气术式居然……"

他那张红得无比鲜艳，显得有些病态的大嘴终于不再露出蔑视的笑容，但漂亮地将大冰块击碎的爱丽丝也并非安然无恙。骑士挥了一下右手，让形成圆锥的细小刀刃变回原来的长剑，身子显得有些不稳，但还是顽强地站住了。恐怕是因为冰块在极近距离下爆开，有几块打到了她的身上吧。

"爱丽丝！"

爱丽丝伸出左手，制止了想要冲上来的我，并举起爱剑，将剑尖对准了对面的丘德尔金。

"丘德尔金，你这种毫无信念的招数，不过是吹胀了气的纸气球罢了！就和你自己一样！"

"你……你、你、你说什……"

爱丽丝那如同斩击一般锋利的话语，让丘德尔金也难以口吐恶言。他那扭曲到极点的圆脸猛烈抽搐，冷汗如瀑布一般倒流。

此时——

一直在房间后方注视着这场战斗的最高祭司阿多米尼斯多雷特以厌烦的口气说道：

"你不管过多少年都还是一个笨蛋呢，丘德尔金。"

元老长的手脚猛然收缩起来。

丘德尔金如同孩子一般蜷缩起身体，最高祭司则是以优美的动作将身体后仰，仿佛后面有着透明的沙发似的斜靠在半空。她保持着这样的姿势漂浮到空中，将纤细的双腿交叠起来，继续说道：

"小爱丽丝手上的那把金桂之剑，即使是在现存的神性物体<sup>Divine Object</sup>之中，其物理优先度也算是最高等级<sup>Class</sup>的。而她也坚定地相信着这个事实。面对这样的对手，你竟然还用物理系攻击术，你连神圣术的基本都忘记了吗？"

"啊……明明明白……"

丘德尔金发出尖利的声音，双眼突然涌出了泪水。因为他还在倒立，那些大颗的泪珠流过他的额头，落到了地毯上。

"哦呵呵呵……小人何德何能，感恩戴德，不胜惶恐啊！您居然亲自来教导小人！一定不会辜负的，丘德尔金一定不会辜负大人的厚爱！"

阿多米尼斯多雷特的声音对丘德尔金似乎有着超越了治愈术的效果。元老长先前的震惊已经一扫而空，摆出他自认为有气势的凶狠表情盯着爱丽丝。

"三十号！你刚才说，人家是空心的纸气球对吧！"

"难道你认为不是？"

"不是！不是不是不是！"

丘德尔金的双眼之中突然点燃了熊熊烈火——这只是我的想象。

"人家也有自己的信念！那就是爱！对尊敬而美丽的最高祭

　　这样的话语，放在任何情况下都只会被认为是蹩脚戏剧里的台词，但此刻它却带着一丝悲壮，响亮地回荡在房间中。就算说出这句话的只是一个用大头倒立的半裸小丑男，也依然让人这么觉得。

　　丘德尔金用那仿佛要燃烧起来的双眼凝视爱丽丝，双手双脚大大地张开，以尖利的声音向背后的阿多米尼斯多雷特竭尽全力地喊道：

　　"最、最最、最高祭司大人！"

　　"怎么了，丘德尔金？"

　　"小人，元老长丘德尔金，想要提出在侍奉大人的漫长岁月中未曾说过的无礼请求！小人接下来将以自己全部的身家性命，消灭反叛者们！如果成功的话，希望大人，大人能、能亲手抚摸小人，亲吻小人，与小人共度一夜！还望恩准，还望恩准，还望恩准啊啊啊啊！"

　　——你对人界的最高统治者提出的愿望还真是有够直截了当的啊。

　　但是我毫不怀疑，这样的呐喊，是丘德尔金从灵魂深处迸发出的，最为真切的感情。

　　听到这句已难以用悲壮感来形容，可谓充满了英雄气概的独白，我和尤吉欧，还有爱丽丝都哑口无言，僵在了原地。

　　而漂浮在房间后方，听到丘德尔金请求的最高祭司阿多米尼斯多雷特则——

　　似乎觉得很可笑似的，那颜色如同珍珠一般的嘴唇向上翘起。

那仿佛能够反射一切光芒的镜眼里充斥着蔑视与嘲弄的神色。阿多米尼斯多雷特用右手掩着嘴低语道：

"可以啊，丘德尔金。"

她的声音里充满了慈爱，和她的表情完全相反。

"我向创世神史提西亚发誓，当你完成你的使命后，我就将我身体的一切，赐予你一晚。"

生活在充满谎言与虚假的现实世界的我很容易看出，这句话是彻头彻尾的谎言。

恐怕是因为人工摇光的构造上的问题，这个世界的人无法违逆比自己高等的法律与规则。所谓的法律可以是村子和小镇的地方性法规、帝国基本法、禁忌目录，也包括了自己向神所立的誓言。

在统治结构中所处的位置越靠近上层，所需遵守的法律也就越少，但是这个原则对身为最高位管理者的卡迪纳尔和阿多米尼斯多雷特也是通用的。小时候双亲所教导的行为规范依然对她们有效，卡迪纳尔无法将茶杯直接放在桌上，阿多米尼斯多雷特无法杀人。

但是现在，我亲眼见识到了。居然连阿多米尼斯多雷特自己对神所立的誓言都无法束缚她。也就是说，她对作为公理教会权威来源的创世神史提西亚、阳神索鲁斯、地神提拉利亚这三名女神没有丝毫的信仰之心。

但理所当然的是，丘德尔金无法识破自己主人的谎言。

听到阿多米尼斯多雷特忍着嘲笑说出的话语，他的双眼再次流下大滴大滴的泪水。

"哦哦……哦哦……小人现在，被至高无上的……至高无上的快乐所包围……小人……小人现在斗志昂扬，精神奕奕，说白了就是无敌啊啊啊!!"

他的眼泪咻的一下蒸发了。

丘德尔金全身突然包裹在犹如赤红火焰一般的光辉中。

"Sys！tem！Ca——ll！Generate ther——mal eleme——nt！"

他的双手双脚在空中划过，四肢的指尖都伸得笔直，上面出现了炽热的光点。就连站在爱丽丝身后的我也能明确地感受到，这是元老长丘德尔金最大也是最后的攻击了。

和之前的冻素一样，他生成的那如红宝石一般闪亮的热素，总共有二十个。

在倒立状态下，丘德尔金的双脚从支撑身体的任务中解放了出来。但即使如此，要让十根脚指头都有独立的想象，也必须经过长年累月的修炼才行。

虽然最引人注目的是那奇异的外表和人格，但其实元老长丘德尔金经历了和那些古老的整合骑士相同的——或者说凌驾于其上的岁月，是一个可怕的强敌。

似乎是感觉到了我的恐惧，丘德尔金的双眼骄傲地眯起，然后再睁开到极限。那小小的眼珠放出鲜红的光芒，让我的恐惧变成了惊讶，下意识地以为这难道就和热血漫画里的主人公一样，斗志化为火焰在眼睛里燃烧？但我很快就发现事情并不是这样。

丘德尔金双眼前方那熊熊燃烧的光，是大型的热素。他把自己的双眼当成终端，生成了第二十一个和第二十二个素因。

在放射出去之前，素因会微微散发出和自身属性相同性质的资源。如果是在指尖外几厘米处生成热素，最多只会感受到

089

一些热量，但如果在眼球的极近距离处维持着那样巨大的热素，那可就没那么轻巧了。现在丘德尔金双眼周围的皮肤已经发出声响，烧得焦黑。

但是元老长似乎完全没有感受到热量和痛苦。他那眼窝发黑，相貌从异常变成狰狞的整张脸都露出了笑容，用更加尖利的声音大吼道：

"好好见识一下吧，这便是人家最大最强的神圣术！出现吧，魔人！"

他缩起双手双脚，以让人难以看清的速度挥舞起来。二十个素因在发射后没有马上变形，而是在空中划出五条平行线，以极快的速度在丘德尔金和我们之间回旋起来。

我茫然地看着那发光的赤红轨迹迅速描绘出了一个巨大的人形。

短短的脚，高高胀起的肚子，长得过分的手臂，头上还戴着一个长了好几根角的帽子。这是一个仿佛将衣服里塞着烟幕的丘德尔金直接放大了几倍的巨大小丑。

熊熊燃烧着制造出五米高小丑的素因，最后化为了小丑服上的深红竖条纹。

小丑那张高到我们必须仰视才能看清的脸明显是以丘德尔金的脸为原型的，但是看起来却显得残酷了好几倍。从那厚嘴唇的缝隙中隐约能看到火焰构成的舌头，而那构成细长双眼的缝隙中，放射出的是和火焰巨人完全不符的冰冷光芒。

丘德尔金在挥舞着双手双脚用热素制造出巨人之后，猛然张开了保持着最后两个素因的双眼，随后热素就转移了，变成了巨大小丑眼窝中那熊熊燃烧的眼珠。

巨大的小丑仿佛被丘德尔金灵魂附体一般，用带着杀意的视线俯视着我们。它抬起穿着尖靴的右脚，往前踏出一步。随着沉重的轰鸣，大量的火焰在巨人的脚边卷起，摇晃着周围的空间。

我和尤吉欧此时已经看呆了，直到站在我们前方的爱丽丝低声对我们说话，才慌忙重新将剑握紧。

"我还真不知道他居然能用出这么强大的术式。"

即使是在这种状况下，爱丽丝的话语依然显得很坚决。但是在最后却微微变调，似乎反映出了她内心的动摇。

"我似乎太小看丘德尔金了。很遗憾，我的花朵无法破坏那个没有实体的火焰巨人。就算专心防御，应该也无法坚持太久。"

"也就是说，在这段时间里，只能由我们去攻击丘德尔金本人了？"

我的声音变调得更厉害。爱丽丝则是坚决地对我们下令道：

"正是如此。我会想办法守住十秒。桐人，尤吉欧，你们趁这段时间里去解决丘德尔金。但是不能接近到剑的攻击范围之内，最高祭司大人应该就是在等这个机会。"

"十……"

"秒……"

我和尤吉欧同时念叨起来，对视了一下。

在九十九层对战时，尤吉欧以如同寒冰一般的冷静在气势上压过了我，但似乎在解除了骑士化后感情同时回归了。我一边对搭档的脸上浮现出的恐惧与狼狈感到一丝不合时宜的欣喜，一边拼命地思考着。

如果只是要在爱丽丝对付火焰小丑的时候突击，我有不少办法。在旧艾恩葛朗特进行BOSS攻略的时候，我担当的就是这样的任务，而操纵小丑的丘德尔金应该是完全没有防备的。

但是，的确无法保证阿多米尼斯多雷特会放过往前冲的我们。因此必须在保持距离的情况下对丘德尔金展开攻击，然而身为剑士，我和尤吉欧只有两种进行远距离攻击的手段。

一种是我们也使用神圣术。但是我不觉得我和尤吉欧能够使用的神圣术可以贯穿丘德尔金这种高位术者的防御，削减他的天命。

另一种就是使用特别的必杀技——也就是武装完全支配术，但这依然有问题。要发动武装完全支配术，就必须咏唱卡迪纳尔编写的冗长术式。怎么想都无法在十秒内完成。变成整合骑士的时候，尤吉欧倒是能够不经咏唱使用完全支配术，但是现在他应该做不到了，当然我也一样。

"……"

似乎是在嘲笑咬紧着嘴唇的我，燃烧的小丑摇晃着巨大的身躯开始缓缓前进。虽然动作称不上敏捷，但是尺寸摆在那里。它每走一步，和我们之间的距离就缩短一米。

在火焰小丑接近到能让我们感受到热气的距离时，爱丽丝终于行动了。

她将右手握着的金桂之剑高举过头，左手则是猛然向后伸，前后大大分开的双脚如同弓弦一般紧绷起来。

宛如龙卷一般的疾风突然从爱丽丝脚下吹起，白色的长裙和长长的金发在空中猛烈地舞动起来。金桂之剑的剑刃被金色的光芒包裹，化为无数花瓣，排成一列在空中飞舞起来。

"旋转吧，花瓣！"

一道让人怀疑是否从她那纤细的身躯中发出的怒吼声震荡着空气。

同时，金色的花瓣以让人难以看清的超高速度旋转起来，迅速成长为巨大的龙卷。

之前击碎冰块的时候，花瓣是密集地凝聚起来，变成了一个前端很细的圆锥形，而这次刚好相反。花瓣变成了一个从爱丽丝的手上向斜上方延伸的漏斗，最宽的地方直径有五米左右。

周围的空气也被金色风暴卷入，变成方向不定的疾风，摇动着我和尤吉欧的身体。

离我们只有咫尺之之遥的火焰小丑脸上依然挂着微笑，随后他高高跃起，跳到接近天花板的高度。毫不畏惧地落入爱丽丝的龙卷之中。

嘭！那如同熊熊燃烧的熔炉一般的轰鸣，将其他的声音全部掩盖了。

金色的龙卷近乎垂直地向上延伸，中心已经将火焰小丑的双足吞噬了。被高速回转的无数刀刃撕裂的火焰如同华丽的烟火一般四散开来，空气都仿佛被烧焦了。

但是小丑依然保持着巨大的尺寸，浮现出横跨整张脸的笑容，开始慢慢地将龙卷踩碎。在它正下方支撑着的爱丽丝双腿微微颤抖，隐约能看到她的侧脸变得咬牙切齿起来。

形成龙卷的花瓣像是无法承受小丑的热量似的开始发红。此时，金桂之剑以及举着它的爱丽丝，都正以极快的速度流失着天命。

剩下的时间——还有八秒。

用神圣术击败丘德尔金是不可能的。要用完全支配术则是时间不够。我所剩下的手段，就只有右手的黑剑，以及用身体记住的剑技。

在Under World里度过的这两年里，我为了向尤吉欧传授"艾恩葛朗特流"，将许多剑技都重新练习过。在这个过程中，我发现这个世界里的剑技偶尔会发挥出比SAO世界里的原版还要强大得多的力量。

毕竟，在Under World里，用行动引导出的结果大部分都不是由系统演算决定的，而是取决于使用者的意志力和想象力。长久以来注视着我的小蜘蛛夏洛特以及骑士爱丽丝都将这种力量称之为"心意"。

也就是说，旧艾恩葛朗特里被系统严格规定的剑技威力与射程，在这世界里可以通过心意的力量进行增幅——这只是我的猜测。

但反过来说，这也意味着恐惧、胆怯与犹豫等消极情绪，会让剑技的威力变弱。

在我心中，一直固执地想要远离与忘却旧SAO时代的自己——有着"黑色剑士"和"二刀流"等外号，名为桐人的角色。

我自己也无法想清楚这种感情究竟从何而来。是对被人当成英雄的顾忌？对我没能拯救与被我杀死的人的罪恶感？似乎都对，又似乎都不对。

但是，大概只有一件事我可以肯定。那就是不管我如何厌恶，"黑色剑士桐人"的确是我的一部分。他构成了现在的我，给了我力量。

是的，在那个世界里战斗的"他"——不，是"我"，此时就站在这里。

还剩七秒。

巨人一点点地破坏着爱丽丝的龙卷，它的热气已经扑面而来。我让身体猛然右转，沉下腰去。

右手的黑剑被我举到与肩同高，和地面完全平行，随后猛然往后一拉。

右手则是按在了剑尖上，如同一架投石机。

迄今为止我都没有用过这一招，也不曾教过尤吉欧，甚至都没有想过将它在这个世界重现出来。原因很简单。这个剑技，是"黑色剑士"最为擅长，用得也最多的一招。说是象征也不为过。

倒立的丘德尔金就在略显通透的黑色剑刃的延长线上，距离在十五米左右。虽然他那四周变得焦黑的眼睛此时是闭着的，但毫无疑问的是，他正通过术式与火焰小丑共享着视野。也就是说，他已经发现了我的动作。

攻击只有一次机会，决不能被他防御与躲避。就这点来说，十五米这个距离实在太远。虽然只靠头部支撑身体的丘德尔金不可能有多么快的动作，但是我见识过太多次这个小丑男有多么难缠。必须让丘德尔金的注意力从我身上移开，哪怕只有半秒或者四分之一秒也好。

还剩六秒。我以极快又极短的话语对旁边搭档低声说道：

"他的眼睛。"

"明白。"

尤吉欧回答得十分干脆，我不由得朝他看了一眼，只见尤吉欧的右手握着一根不知何时制造出来的蓝色冰箭。虽然尺寸不大，但从那耀眼的光芒来看，它的优先度非常高。一定是他在连我都没有注意到的情况下，将先前爱丽丝与丘德尔金的那次对决中放射出来的冷气资源转换成了素因。

还剩五秒。尤吉欧的双手如同拉着一把隐形巨弓似的动了起来，架起来的冰箭放出了蓝色的闪光。

"Discharge！"

随着一道简短的命令，冰箭发射了出去。但是它并没有直接射向丘德尔金。

随着尤吉欧左手的指引，它首先向右绕过火焰小丑，然后再往左一拐飞了起来。冰箭在这个被火焰染成红色的房间里划出蓝色的轨迹，形成了强烈的反差。就连小丑那双燃烧着的眼睛，也不由得往箭的方向看去。

还剩四秒。在冰箭飞到天花板附近的瞬间，尤吉欧的左手猛然一握。随着他的动作，箭以比之前快了一倍的速度直线落下，而它锋利的箭头所瞄准的——

并不是元老长丘德尔金。

而是在他身后很远的地方慵懒躺着的最高祭司阿多米尼斯多雷特。

还剩三秒。

看到尤吉欧用尽全身的力量射下的冰箭，银发的少女却没有一丝慌乱。她只是以有些厌烦的表情抬头看了一眼，拢起珍珠色的嘴唇，轻轻地吹了一口气。

仅是如此，那冰箭就在距离最高祭司还有一米以上的时候就无声无息地碎散了。

但是，尤吉欧的真正目标，并不是阿多米尼斯多雷特本人

——而是丘德尔金对她那异常执着的心。

在箭射向自己后方的瞬间，丘德尔金猛然瞪大双眼，连头带全身都向后方转去，大喊道：

"大人，请小心啊！"

还剩两秒。

还没等丘德尔金叫出声来，我的身体就已经开始行动。

将剑架在与肩同高处的右手往后拉至极限。在初始动作被检测到之后，剑刃上开始出现如血一般的红光。

系统辅助开始推动我的身体。而我前后大大张开的双脚也用力在地上一蹬。我将加速化为回旋力，从后背传到右肩。然后回旋再次变换为直线运动，注入与右手化为一体的黑剑。

伴随着如同火箭引擎一般的轰鸣，以及颜色比火焰更深的绯红闪光，剑直直地向前击出。

单手直剑用单发技"绝命重击"。

在旧SAO时代，我之所以常用这个技能，是因为它有着能够一击定胜负的威力，以及无法让人相信是单手直剑剑技的超远射程。深红的光效在空中能够穿透的距离大概能达到剑刃长度的两倍，再加上尽量伸长右手的话，有时候甚至能比长枪的射程还要长。

但是，现在我和要攻击的元老长丘德尔金之间有着十五米远的距离，通常的绝命重击是绝对够不着的。

我必须用想象力……或者说是心意的力量，将这个在Under World里第一次用出来的剑技延长四倍以上的射程。

这绝非一件容易的事情。

但是，我也不认为这是绝对不可能的。

因为信任我，骑士爱丽丝以她自己的身躯为我抵挡烈焰。为了让我得到打出这一击的机会，好友尤吉欧用尽了精神力与智慧放出神圣术。

如果我此刻辜负了两人的意志，那我就没有资格自称为一个剑士。

是的，最适合我的身份，还是"剑士桐人"。

"唔……噢噢噢噢——"

我从身体的深处爆发出竭尽全力的怒吼——

就在此时，一个黑色的露指手套从空中浮现而出，将我的右手覆盖。

随后，因为激战而绽开的袖子上也出现了鲜艳的黑色皮革，从手延伸到肩，再延伸到身体，短短的一瞬间就变成了一件长外套，打着钉子的下摆猛烈地在空中飞舞。

包裹在剑刃上的光效仿佛快要爆炸一般越发明亮起来。那仿佛能将火焰小丑的红色掩盖过去的深红光辉，在剑尖上收缩成一个小点。

"噢噢噢！"

伴随着狂野的呐喊，我将所有力量释放出去。

还剩一秒。

## 12

——什么声音？

在身旁爆发出的异常轰响，让尤吉欧瞪大了双眼。

一切的绝技都会产生强烈的光和声音。但是，这声音和以前听到的任何招式的声音都不一样。它粗大，沉重，坚硬，锐利，仿佛是剑本身发出的怒吼——

轰鸣声的来源，是桐人右手上架起的黑剑。宛如黑水晶的剑刃猛烈地震颤着剑锋，发出刺耳的咆哮。不只是声音，整把剑还被深沉的红色光辉包裹了起来。

——是绝技。但是，从来没见过这样的架势。

尤吉欧屏住了呼吸。但是随后发生的现象，才真正地让他感到吃惊。

拿着剑的搭档突然全身被刺眼的光芒覆盖，变成了一副和之前完全不同的打扮。

桐人身上穿着的，原本应该是一件经过多次激战后已经伤痕累累的黑色上衣，以及同样黑色的裤子。但是随着光的波浪从右手延伸到身体，一直到扫过脚部之后，一件有着高衣领与长下摆的黑色皮革外套凭空出现，裤子也变成了一件贴身的皮革长裤。

这个变化是在比眨眼还要短的时间里发生的，但是异常现象并没有就此停止。桐人的身体虽然不像衣服那般，但是也发生了绝对不可无视的变化。

首先是黑发伸长了一些，将他的侧脸盖住了一半。

随后猛烈吹动的额发空隙中露出的黑眼，释放出以前从未见到过的光芒。这种眼光，比起在北方洞窟与哥布林集团战斗的时候，比起斩飞莱欧斯·安提诺斯的手时，比起和迪索尔巴德以及法那提欧等人战斗的时候都要锐利得多。仿佛桐人自己和剑融合起来，化为了锐利的剑刃。

随后，他张开了嘴，发出了极为狂野的呐喊：

"唔……噢噢噢噢——"

剑气释放出金属感的咆哮以及深红的光芒猛然增强，随后，桐人的右手以让人完全看不清的速度击出。长外套的下摆如同魔物的翅膀一般猛烈舞动。

这一定是艾恩葛朗特流的绝技。

但是——这个突刺技简直太恐怖了。它和桐人之前所传授的招数完全不同，是那种会让人联想到高阶诺尔奇亚流的单发大招。但它又彻底地去除了传统流派所重视的形式美，完全是只为贯穿敌人而存在的一击——

"！"

尤吉欧屏住呼吸，目光好不容易才追上那深红的光辉。

桐人的目标，自然是操纵者火焰小丑的元老长丘德尔金。但是此时距离敌人所在的地方有着十五梅尔的距离。不管是什么样的绝技，只要还是剑技，就绝对够不着。

在桐人放出突刺技的瞬间，丘德尔金完全没有看向这里。他的视线还在看向房间的后方，几秒钟前尤吉欧发射出的那发冰箭的轨迹。

这是尤吉欧以自己的所有知识与灵感释放出的术式，但是它自然无法对阿多米尼斯多雷特起到丝毫作用，仅仅是被吹了口气就粉碎了。但是，如同尤吉欧预想的一样，丘德尔金无法无视对统治者的攻击，回头高声地发出警告，总算是达成了桐人要他转移丘德尔金注意力的要求。

似乎是看到冰箭无声无息地消失后就放下心来，丘德尔金倒立着将脸转了回来。

随后，他那细长的眼睛大大地瞪开，许多不同的感情在眼

中闪过。

首先，是对桐人那已经快要刺出的剑所发出的闪光与轰鸣感到惊讶。

随后，是觉得这只是一个单纯的突刺技，无法打到自己身上而感到安心。

最后，是在看到那伴随着金属感的轰鸣声而无限延伸出去的红色光刃后感到恐惧。

尤吉欧也同样惊讶到忘记了呼吸。那血色的光芒从在桐人面前抵挡着火焰小丑的爱丽丝左侧不远处穿过，瞬间飞跃了十五梅尔的距离——

然后它轻而易举地刺穿了倒立的丘德尔金那如同棍棒一般纤细的躯干。

光刃又延长了将近两梅尔以后，才分解为如血滴一般的光点，飘散在空中。随后，真正血液的飞沫大量迸出。其来源，正是丘德尔金胸口中央的那个几乎要将他的身体切成两半的巨大伤口——

"哦啊啊啊啊……"

仿佛窒息一般的无力叫声拉出长长的尾巴，音量渐渐低了下去。

倒立的身体慢慢倾斜，啪的一声倒在自己的鲜血形成的血泊之中。

丘德尔金的血液不停地涌出，让人怀疑那纤细的身体到底哪来这么多血。他抬起颤抖的右手，向漂在空中的阿多米尼斯多雷特伸去。

"我……我的……大……人……"

从尤吉欧的位置上，看不到丘德尔金在说出这句话时脸上是什么样的表情。只见他的右手啪嗒一声落在地毯上，之后再也没有了动作。

同时，骑士爱丽丝头上那正要将金色龙卷踩碎的火焰小丑也发生了变化。那圆滚滚的身躯变为大量的白烟，笑着消散在了空中。爱丽丝控制的无数金色刀刃似乎对敌人的消失而感到困惑，慢慢地减慢了速度，飘浮在空中。

尤吉欧一边感受着这突然到来的彻底寂静给耳朵带来的麻痹感，一边收回视线往自己右边看去。

桐人深深地弯下腰，右手保持着伸长到极限的姿势一动不动。

黑剑表面剩余的光芒迅速消失，外套的下摆在轻轻地又飘动了一次之后垂了下来。尤吉欧屏着呼吸，看着搭档的那身打扮迅速淡化，恢复了原来的样子。

衣服变回朴素的黑色上衣和裤子之后，桐人依然一动不动。最后他的右手缓缓地放了下来，黑剑的剑尖刺在地毯上。

尤吉欧不知道此时该对低着头的搭档说什么才好。

对于连副骑士长法那提欧的命也要救的桐人来说，就算敌人是元老长丘德尔金，将对方的天命全部夺走也肯定不是一件开心的事情。透过他那已经恢复原来长度的额发，能看到他的眼睛里已经没有了发动攻击时那种犹如冰块的寒冷。

沉默持续了几秒钟，才被爱丽丝将无数刀刃恢复为剑时发出的尖锐声音打破。尤吉欧感到骑士的后背传来的紧张气氛，于是视线越过她的肩膀，再次看向房间的深处。

只见飘浮在空中的阿多米尼斯多雷特对倒在地上的元老长

伸出了纤细的右手。

怎么看丘德尔金都已经死了，难道是要对他用治愈术？还是说，最高祭司甚至能够恢复尸体的天命？

就在尤吉欧猛吸了一口气的时候——

最高祭司那听不出任何感情的声音缓缓流泻而出。

"收拾一下而已，丑陋得看不下去啊。"

她随意地挥了挥左手，丘德尔金的尸体就如同纸人一样被轻飘飘地吹走，碰到了远处的东侧窗户上才掉了下来，在地上蜷成一团。

"你都干了些什么……"

看到最高祭司的所作所为，爱丽丝压低了声音喃喃地说道。

虽然她现在是被改变了人格，性格冰冷的整合骑士，但是尤吉欧能够理解她这样说的心情。丘德尔金是一个无法让他们感到尊敬的人物，但至少他是在为自己的主人尽全力战斗后死去的，起码也应该将他厚葬才是。

但是，阿多米尼斯多雷特却看都不看被她丢在一边的尸体，更是仿佛将元老长从自己的记忆之中全部抹掉似的，露出了和先前一模一样的神秘笑容说道：

"算了，虽然是一场无聊的表演，但起码也收集到了一些有意义的数据。"

最高祭司用她那纯洁无垢的声音夹杂着神圣语自言自语地说着。她保持着躺在那无形躺椅上的姿势，在空中轻飘飘地飞了五梅尔左右，移动到圆形房间的中央。

阿多米尼斯多雷特用指尖拨开在风中飘荡的一丝银发，闪耀着七彩光芒的镜眼眯缝起来。她以仿佛带着磁力的视线看向尤吉欧的身旁——此时依然低着头的桐人。

"非法的小男孩，我本来以为，之所以无法查看你的详细属性，是因为你是通过非正规婚姻产生的未登录个体……但似乎不是呢。你是从那里来的吧？你是'对面'的人……对吧？"

（注：Irregular 标注于"非法的"上方）

最高祭司仿佛耳语一般说出来的这些话，尤吉欧几乎完全听不懂。

——那里？对面？

黑发的搭档桐人，是在两年前以失去了记忆的"贝库达的迷失者"的身份出现在卢利特南方森林里的。

尤吉欧曾经听村子里的老人们说过，偶尔会有这种人出现，不过他也只是在小时候才相信，这是暗神贝库达从尽头山脉将手伸到这里，以消除人的记忆来捣乱。

当人遇到过于痛苦，过于悲伤的事情时，就会自己丧失记忆，有时候甚至会失去性命。这是前任砍伐者卡利塔老爷爷告诉尤吉欧的。他在很久以前，因为水中的事故失去了妻子。当时他因为悲伤过度，失去了和妻子有关的大半记忆。当时老人露出寂寞的笑容，说这是生命之神史提西亚的仁慈，同时也是惩罚。

因此，尤吉欧推测桐人身上可能也发生了同样的事情，但是他一直将这件事藏在心里。从桐人的头发和眼睛的颜色来看，他应该是在东域或者南域出生的，可能是在故乡遇到了非常痛苦非常悲伤的事情后失去了记忆，经过漫长的彷徨之后，才来到了卢利特森林。

因此，在前往央都的旅程中，以及在学院生活的日子里，他几乎没有向桐人问起过去的事情。当然，他也不能否认自己

有些惧怕桐人在找回记忆之后就会回到自己的故乡。

但是——

现在，能看透人界一切事物的最高祭司，用很奇异的词语描述着桐人的出生之处。

对面。这是指尽头山脉的对面——也就是暗黑帝国吗？和桐人身世有关的唯一线索——连续剑技艾恩葛朗特流，也是在暗黑帝国兴盛的流派吗？

不，最高祭司对暗黑帝国也应该非常了解才是。她麾下的整合骑士们能够自由地跨越尽头山脉，和暗黑骑士们交手。那么也就意味着，身为统治者的阿多米尼斯多雷特应该很了解暗黑帝国是个什么样的国家，有着什么样的城市，里面生活着什么样的人。根本没必要使用"对面"这么暧昧的词。

那也就是说——

阿多米尼斯多雷特的那句话，指的是连她都看不到的地方，整个世界的外面？是在暗黑帝国更过去的对面……搞不好是更加遥远，更加不同，可以说是另一个世界的地方？

对尤吉欧来说，这个概念实在过于抽象，他甚至想不出能用什么恰当的词汇来表达自己的思考。但是他的直觉却告诉他，此时接触到的是一件极为重大的，堪称世界之秘密的事情。一阵仿佛会灼烧心灵的烦躁涌上心头，尤吉欧不由得转过头，望向巨大窗口外的夜空。

从飘动的乌云露出的缝隙中，可以看到一片星海。

而那片天空的对面……是否就是桐人诞生的那个国家呢？那里到底是个什么样的地方呢，而桐人自己，是否又找回了那些记忆呢……

此时，黑发的搭档缓缓地站起身，打破了这持续了数秒的寂静。

"没错。"

桐人用简短却又沉重的一句话，肯定了最高祭司的疑问。

尤吉欧仿佛感受到了让自己陷入麻痹的冲击，紧盯着搭档的侧脸。看来桐人真的已经找回了自己的记忆。

不——难道说，他从一开始就……

桐人的眼睛向尤吉欧看了一眼。尤吉欧从他那黑色的眼睛看到了好几种感情，其中最浓重的，就是希望尤吉欧相信他的恳求。

桐人很快又将视线转到前方的阿多米尼斯多雷特身上。他露出了严肃的表情，但是却又带着一丝苦笑，轻轻地摊开双手。

"话虽如此，但是我被赋予的权限等级和这个世界的人完全一样，和你相比简直不值一提啊，阿多米尼斯多雷特……不，葵妮拉小姐。"

在听到这个有着奇特发音的名字时，最高祭司的美丽的脸上带着的微笑迅速变淡。

但这也不过是一瞬间而已。阿多米尼斯多雷特那珍珠色的鲜艳嘴唇上，很快又挂起了比刚才还灿烂的笑容。

"看起来图书馆的小不点对你说了很多无聊的事情啊。然后呢？小男孩，你是为了什么，才连管理者权限都不带就落入我的世界的？"

"虽然没有权限，但我还是知道一些事情的。"

"哦。比如说呢？我对无聊的往事没有兴趣。"

"那么，未来的事情如何？"

桐人将黑剑拄在地上，双手按着剑柄，和最高统治者对峙着。他的脸上恢复了那紧绷的严肃，黑色的眼珠中反射出锐利的光芒。

"葵妮拉小姐，你将会在不久的未来毁灭你的世界。"

听到他这种冲击性的话语，阿多米尼斯多雷特嘴角的笑容反而变得更深了。

"我？毁灭世界的不是你这个将我的可爱人偶们打得七零八落的小男孩，而是我？"

"没错。你的错误，就在于为了对抗暗黑帝国的总攻而建立了骑士团……不，是制造出骑士团这件事本身。"

"呵呵。哦呵呵呵。"

最高祭司恐怕是在成为统治者之后，第一次被人指出错误吧。她用指尖按着嘴唇，仿佛是在忍着笑，肩膀不停地摇晃着。

"呵呵呵。果然像是那个小不点会说的话啊。居然会用这种方法去笼络男人，小不点的本事也有不少长进嘛。这就更可怜了……不管是不惜这么做也要把我赶下去的她，还是就这么答应了她的你。"

最高祭司不停地笑着，纤细的喉咙也发出了轻响。

桐人还想继续说些什么，但是一阵锐利而凛然的声音却比他早了一瞬响起。

"恕我直言，最高祭司大人。"

身上的铠甲嘎吱作响地走上前去的，正是之前一直保持着沉默的整合骑士爱丽丝。那长长的金发仿佛是在和阿多米尼斯多雷特那鲜艳的银发对抗似的，在月光下发出了美丽的光芒。

"就连骑士长贝尔库利阁下以及副骑士长法那提欧大人都认

为，以现在的整合骑士团无法对抗黑暗军团在未来的总攻。然后……我也是这么想的。当然，我们骑士团已经做好了战死到最后一人的准备，但是，最高祭司大人，在失去骑士团之后，你可否有保护无辜民众的手段？你总不会想着孤身一人去将那个国家的大军团消灭殆尽吧！"

骑士爱丽丝那激烈而又悦耳的声音化为冷风吹遍了整个房间，摇动了阿多米尼斯多雷特的头发。最高祭司的笑容也收敛了一些，以有些意外的表情低头注视着金甲骑士。

而对尤吉欧来说，爱丽丝的话语造成了另外一种意义上的冲击。

整合骑士爱丽丝·辛赛西斯·萨蒂。她是寄宿在尤吉欧重要的青梅竹马爱丽丝·滋贝鲁库体内的临时人格。

从她在几天前在学院大讲堂里打了尤吉欧脸的那件事来看，她应该是一个冰冷的法律执行者才对。在骑士爱丽丝的心中，丝毫不存在过去的爱丽丝拥有的许多感情，温和与天真无邪，甚至是爱情。

但是，现在骑士爱丽丝的话语，仿佛是当初的爱丽丝成长为整合骑士之后所说的话。

整合骑士没有察觉尤吉欧屏住呼吸的注视，将金桂之剑猛然插在地上，继续说道：

"最高祭司大人，我之前说过，是你的执着与欺骗摧毁了骑士团。执着，指的是你从人界的居民身上夺走了所有武器和力量。而欺骗，是你算计了我们所有整合骑士！你强行让我们与亲人——妻子、丈夫、兄弟姐妹分离，封锁了记忆，还植入了让我们以为自己是从神界被召唤而来的虚假记忆……"

说到这里，爱丽丝低下了头，但她很快又站直了身子，以更显坚毅的声音说道：

"如果，这是守护这个世界与人们所必要的手段，我倒不会怪罪于你。但是，为什么你连我们对公理教会和最高祭司大人的忠诚与敬爱都不愿相信！为什么要对我们的灵魂施加那种肮脏的术式，强制我们服从于你！"

尤吉欧清楚地看到，在竭尽全力地问出心中的疑问后，几颗小小的水滴从爱丽丝那有着柔滑曲线的脸颊上滑下。

眼泪。

本应已经失去所有感情的整合骑士爱丽丝流泪了。

尤吉欧愕然地屏住呼吸注视着爱丽丝，而骑士没有伸手擦去眼泪，只是昂然地扬起头，仰视着统治者。

尽管听到这比剑还要锐利的话语，阿多米尼斯多雷特却没有一丝反应，反而浮现出淡淡的冷笑。

"哎呀呀，小爱丽丝，你现在已经能考虑这么复杂的事情了啊。明明从你被制造出来开始算起，才经过了五年……还是六年的时间。"

她的声音中听不出任何的感情，因此显得十分地轻松。音色如同打磨过的纯银，让人感觉不出一丝温暖。

"你说我不相信你们这些整合骑士个体<sup>Integrator Unit</sup>？这还真让我有些遗憾。我可是很信赖你们的……你们可是装了齿轮，拼命地动来动去的可爱人偶啊。小爱丽丝啊，你为了不让重要的剑生锈，不是也经常认真地磨它吗？我也是一样的。送你们的敬神模块<sup>Piety Module</sup>，正是我爱的证明哦。我希望你们永远都当我可爱的人偶，希望你们能和那些下民一样，不为那些无聊的烦恼和痛苦所折磨。"

阿多米尼斯多雷特露出超然的笑容，举起左手，用指尖旋转着手上的三角柱体。那是从尤吉欧额头上拔出来的改良型敬神模块。

她透过晃动的紫光俯视着爱丽丝，温柔地低语道：

"好可怜的小爱丽丝，一张漂亮的脸都哭成这样了。你是在悲伤吗？还是在愤怒呢？其实只要继续当我的人偶，你就永远不会品尝到这种毫无意义的感情了。"

爱丽丝的眼泪流过脸颊，落到金属铠甲上发出柔和的水声，同时还伴随着嘎吱嘎吱的锐利响声。

骑士插在脚边的金桂之剑已经穿透了厚厚的地毯，正在一点点地刺穿大理石地板。

爱丽丝将仿佛连无法破坏的中央大圣堂建筑材料都会受损的力量按在剑上，颤抖着从喉咙里挤出话来。

"叔叔……骑士长贝尔库利阁下在成为整合骑士的漫长三百年岁月里，没有一丝烦恼，也没有一点痛苦——最高祭司大人，你是这样认为的？你是说，这个比任何人都更忠诚于你的人，他心中一直以来的痛苦，你都完全不知道？"

一阵更加尖锐的声音从爱丽丝的剑下传来。同时，她以更加激动的声音喊道：

"贝尔库利阁下夹在对公理教会的忠诚与守护民众的使命之间，一直以来都非常痛苦！你应该清楚，他多次向元老院提出要强化虚有其名的四帝国近卫骑士团！贝尔库利阁下……叔叔他甚至知道我们右眼里的封印。这更是证明了，叔叔他一直以来，比任何人都要痛苦啊！"

爱丽丝的质问包含着泪水，让人感受到她的心痛。

但是，阿多米尼斯多雷特对此依然只是在那白皙的脸庞上泛起一丝冷笑。

"真是悲哀啊。居然认为我的爱是如此浅薄的东西，这些我自然是知道的。"

那甜美的微笑下，似乎涌现出了残酷的兴致。

"我就告诉可怜的小爱丽丝好了。一号……贝尔库利他啊，不是第一次为这种无聊的事情而烦恼个不停了。其实在大概一百年前，那孩子也说过同样的话。所以呢，我就把他纠正过来了。"

她发出了宛如鸟儿清鸣的笑声。

"我看过贝尔库利的记忆，把里面那些烦恼和痛苦全部都消除掉了。不只是那孩子……超过了一百年的骑士都是一样。我让他们把所有痛苦的事情都忘记了。放心吧，小爱丝，只是作弄他们一下，他们不会生气的。就连现在让你露出这种悲伤表情的记忆，我也会全部消除的。我会让你变回不需要考虑任何事情的人偶。"

在那沉重而冰冷的寂静之中，只听得到阿多米尼斯多雷特那低低的笑声。

她已经不是人了。

在再次袭来的恐惧让全身都泛起疙瘩的同时，尤吉欧强烈地认识到了这一点。

能够自由地消除或者修改他人记忆的能力——尤吉欧自己亲身体会过它的恐怖。只是咏唱了三句术式，他就被阿多米尼斯多雷特封住了记忆，成为整合骑士，向桐人他们举起了剑。

如果阿多米尼斯多雷特通过正确的步骤进行了整合仪式，

他恐怕无法像现在这样恢复成原来的自己。尤吉欧的记忆中早已存在的漏洞——虽然不知道为什么会有这种东西，但从结果来看，它拯救了尤吉欧。

但是，他还没有赎清自己的罪孽。在和丘德尔金的战斗之中，他只能用术式来做障眼法。这样是不能被原谅的。其实，他根本没有像现在这样和桐人并肩作战的资格……

尤吉欧不由得握紧了拿在右手上的蓝蔷薇之剑，此时他却从右脸感觉到了桐人的视线。还没等到他下定决心看向搭档的脸，爱丽丝就以低沉的声音说道：

"的确，我现在感受到了足以将我的心撕裂的痛苦与悲伤。甚至对自己现在还能站在这里都感到很不可思议。"

她的声音中带着一丝颤抖，但是却一点点地恢复了力量。

"但是，对这些痛苦……这些我初次感受到的心情，我从来没想过要将其消除。毕竟这种痛苦恰恰证明了我不是一个骑士人偶，而是一个人——最高祭司大人，我并不期望你的爱，也没必要被你纠正。"

"不愿做人偶的人偶啊……"

听到爱丽丝说出决裂的话语，阿多米尼斯多雷特以仿佛歌唱一般的语气说道：

"但这也不能称之为人哦，小爱丽丝。只不过是一个坏掉的人偶罢了。很遗憾，这和你的想法无关。只要经过我的重新整合，你现在的这些感情，也会全部消失。"

最高祭司带着温柔的笑容说出了如此残酷的话语。而就在此时——

"就像你自己对自己做的那样——是吗，葵妮拉小姐？"

之前一直保持着沉默的桐人，再次用那个奇异的名字称呼阿多米尼斯多雷特。

听到这句话，少女的笑容和之前一样淡了下去。

"小男孩，我不是说过不要提以前的事情吗？"

"不提的话事实就会消失吗？就算是你，也不可能随心所欲地改变过去。你也是由人类所生，同样身为一个人类的事实，是绝对无法消除的……没错吧？"

尤吉欧在心里恍然大悟。桐人一定是从大图书馆的贤者卡迪纳尔那里，听到了阿多米尼斯多雷特的真名以及和她生平有关的故事。

"人类……人类啊……"

阿多米尼斯多雷特迅速恢复了微笑，以和之前有些不同的、带着些许嘲讽的口气说道：

"被'对面'来的小男孩这样教训，我还真是百感交集啊。小男孩，你是想说你的地位比我更高吗？你是认为，一个卑贱的Under World人，不配有这样的想法吗？"

"不不，我怎么敢这么想。"

桐人耸了耸肩，否定了最高祭司的话语。

"不止如此，我甚至认为，在许多方面，这个世界的人都比对面的人要优秀。不过从源头上来说，依然是同样拥有灵魂的人类，就连你也不例外。就算活了几百年，人类也是不会变成神的吧？"

"所以呢？难道你想说，既然同样是人类，那就友好地坐下来喝杯茶？"

"这我倒是很乐意。不过我想说的是，既然你是人类，那么就不可能完美无缺。人是一种会犯错的生物，而你的错误，已经到了无法挽回的地步了。整合骑士团已经毁了一半，暗黑帝国的总攻很快就要到来，人界即将毁灭。"

说到这里，桐人往尤吉欧那里看了一眼，以低沉的声音继续说道：

"在两年前，我和尤吉欧进入了贯穿尽头山脉的洞窟，在洞窟的深处与从另一侧入口入侵的哥布林集团战斗过。一定是当时守卫在附近的整合骑士不小心透的口风吧。这样的事情，接下来会频繁地发生。最终入侵会变为全面侵略，你一直以来苦心地维持着……或者说停滞着的这个世界，就会暴露在无情的破坏与暴力之下。这样的事情，一定也不是你所期望看到的吧？"

"明明是你这个小男孩把骑士们搞坏的，却说得这么好听。算了，然后呢？"

"只要自己能够活下来，那么之后只要从头再来就可以了……你可能是这样想的吧。"

桐人加强了语气，右脚往前踏出半步。

"再次用法律束缚住充斥在人界的黑暗之民，以及残存下来的人类，创造出一个新的……或者说该称之为暗黑教会的统治组织，你可能觉得这对你来说并非不可能。但遗憾的是，你是无法做到的。因为'对面'有着在这个世界拥有真正至高无上权限的人。他们可能会这么想：这次已经失败了，再从头开始吧。然后只要按下一个按钮，这个世界的一切都将被消除。不管是山、河、城市……以及包括你在内的所有人类，都会瞬间消失。"

桐人的话语已经超出了尤吉欧能够理解的范围了。

爱丽丝恐怕也是一样。她转过眼眶发红的脸，以疑问的表情看着黑发剑士。

但似乎只有最高祭司一个人完全明白了桐人想表达的意思。她嘴角的笑容几乎已经全部消失，眯起来的银眼中放射出仿佛会让人冻结的冰冷光芒。

"这个世界只是个任由他人为所欲为的箱中庭园……被人这么直白地说出来，还真是让人不快呢。"

她两只手上十根柔滑的手指交叉在一起，将自己的下半张脸挡住。从那张被挡住的嘴里说出来的话语，几乎已经完全没有了和爱丽丝说话时那种嘲弄的口气。

"不过，这样的话，你们……'对面'的人类们又如何呢？是否会经常在意自己的世界是否由更高等的生物所创造，为了不让世界被重置，努力地向上位者所喜欢的方向前进？"

似乎连桐人也没有预料到这个问题。

阿多米尼斯多雷特从透明的躺椅上轻轻坐起，俯视着咬着嘴唇陷入了沉默的剑士，将双手左右分开。那修长的双腿也仿佛夸耀似的向前伸。那美丽得甚至超越了女神像的胴体在月光的照耀下发出淡淡的光辉，一种让人拜倒在地的神圣气息在房间里扩散开来。

"那是不可能的吧。他们可是些因为一时兴起便创造世界与生命，不需要的时候就将其消除的人啊。而从那样的世界来到这里的小男孩，你有什么权利来质疑我的选择？"

最高祭司的双眼看向天花板……不，是透过那大理石的顶盖，看向那遥远的夜空，高声宣示道：

"我可不干。取悦那些自以为是创造神的人，祈求能让自己继续活下去，这简直凄惨无比。小男孩，在听小不点讲过以前的故事之后，你应该也知道了……只有统治，才是我存在的证明。这个欲望是我唯一的动力与生命之源。我的双脚，是为踩踏他人而存在，而绝对不是向他人屈膝！"

空气猛然回旋起来，将她那纯银色的头发猛地吹散开来。

在这不容置疑的压力之下，尤吉欧不由得右脚往后退去。阿多米尼斯多雷特虽然是修改了爱丽丝的记忆，对贵族们的腐败置之不理的敌人，但依然是这个世界唯一的最高统治者——他重新认识到，眼前的她，原本可是像尤吉欧这样的无姓民众根本连见都见不着的，半神半人的至高者。

将尤吉欧引领至此处的黑发搭档似乎也同样承受着压力，上身开始摇晃起来，但是他却没有后退，反而往前踏出了一步。然后他就像是想要鼓舞自己似的，将右手的黑剑用力地插在了地板上。

"那么！"

从他口中发出的，是足以让后方的玻璃窗也为之颤抖的呐喊声。

"那么——你就要坐视人界被踩躏，统治着一个没有人民的国家，坐在名不副实的宝座上孤独地等待着灭亡吗！"

听到这句话的瞬间，阿多米尼斯多雷特那美丽的脸庞上彻底地没了少女风情，取而代之的是她经历过的悠久时光转化而成的纯粹愤怒。但这些表情也很快就消失，那珍珠色的嘴唇再次浮现出嘲弄的笑容。

"真遗憾，小男孩你居然会以为我对你说的总攻没有任何想法。我可是有很多思考时间的啊……毕竟，只有时间是属于我的，而不是属于对面的人。"

"那么，你想说你有回避末日的手段吗？"

"我自然有手段，同时也是我的目的。统治才是我存在的证明……而它的范围是没有限制的。"

"什么？你是什么意思？"

桐人的声音显得有些困惑，但是阿多米尼斯多雷特却没有马上回答。

她嘴角的微笑里带上了一丝神秘的色彩，像是在表达谈话就此结束似的轻轻拍了拍双手。

"之后的事情，就等小男孩你变成我的人偶之后再说给你听吧。当然小爱丽丝和尤吉欧也一样。不过有一件事可以先告诉你……我自然不愿Under World被重置，甚至连'最终压力测试'也不会接受。而我已经完成了用来防止这一切的术式。欣喜吧，我会让你们第一个见识的。"

"术式？"

桐人用僵硬的声音反问道：

"你将希望寄托在那些充满了限制的系 统 命 令上？难道你想靠你一个人使用命令，将黑暗军团全部消灭？在现在这种状况下，你连我们三个人都处理不掉吧。"

"哦，是吗？"

"没错。事已至此，你已经失败了。爱丽丝可以将你的远距离攻击术挡下几秒，而我和尤吉欧会趁着那个时候突击。如果你想用接触命令来麻痹我们，我也可以用刚才打倒丘德尔金的那招打倒你——虽然现在我不大想说这种话，但没有前卫守护的一个术师是不可能打倒多个剑士的。这在这个世界也应该是真理。"

"一个……一个啊……"

阿多米尼斯多雷特从喉咙中发出轻笑。

"你倒是说到关键了。到头来，问题还在于数量上。棋子太多会导致控制不过来，太少了就无法撑过最终压力测试。整合骑士团就是在这样的平衡之中增加的……"

失去了忠臣丘德尔金，此刻应该已经是孤家寡人的最高统治者在面对着三个反叛者时，依然展现出那让人看不透的游刃有余，同时说道：

"老实说吧，骑士团也仅仅只是用来过渡而已。我真正追求的力量，不只不需要记忆和感情，甚至不需要思考的能力。只需要不停地将眼前的敌人屠杀殆尽就可以了。也就是说……不需要是人类。"

"你说……什么……"

阿多米尼斯多雷特无视了桐人的话，将左手高高举起。她手上拿着的，是一个闪烁着妖艳紫色光芒的三角柱体——从尤吉欧的额头上拔出的敬神模块。

"虽然是个愚蠢的小丑，但丘德尔金还是有一些用处的。算是争取了一些时间，让我能够完成这个漫长的术式。好了……觉醒吧，我忠实的仆人！没有灵魂的杀戮者！"

听到这句话，尤吉欧恍然大悟。

这正是他找回自我，回到这个房间时，从床里传出轻微声音的术式。这个术式是如此漫长，无法以意志力省略咏唱，对最高祭司来说，这是她最大的神圣术。而此时，她正要将其发动。

银发的少女随即高声咏唱出了无比简短，让人无从打断，

但是却比其他任何术句都要恐怖的两个单词。

"Release recollection！"

武装完全支配术的精髓。将武器的记忆解放，发挥出远超任何神圣术的力量，可谓真正的秘术——

但是，一丝不挂的阿多米尼斯多雷特身上别说剑了，连一把小刀都看不到。难道说是左手上拿着的敬神模块？但是那个三角柱上有着可以用来解放的记忆吗？

在茫然仰视着前方的最高祭司时，尤吉欧的耳朵里听到了细微却又明确的声音。

尖利的金属碰撞声从后方……不，从右边和左边也都有传来。

尤吉欧迅速转过头去，呼吸却因为惊讶而急促起来。

这个直径四十梅尔的大房间周围有许多根柱子。而挂在柱子上面，反射着金色光辉，大小不一的仿造剑，此时正微微地颤抖着。

"这……这是？"

尤吉欧发出了惊呼，而爱丽丝也低声说了一句"怎么可能"。

仿造剑里最大的一把长度达到了三梅尔。就算阿多米尼斯多雷特再怎么强大，也不可能驾驭这样的武器吧。而且振动的可不只是尤吉欧看着的这把剑，包围着这个房间的所有柱子都发生了同样的现象。仿造剑的总数达到了三十把之多。

必须要经常使用同一把武器，直到它几乎能成为自己的一部分之后，才能拿来使用记忆解放术——应该是这样才对。因为持有者必须和爱剑缔结生死与共的关系，才能够接触到剑的记忆。

最高祭司只将自己的部下当作道具，应该是不可能和这三十把仿造剑各自建立起关系的。那么，她所解放的剑之记忆，到底是什么呢——

在呆立原地的三人面前，几十把巨大的剑发出更加猛烈的振动声，从柱子上剥离，向空中飘起。

尤吉欧慌忙缩起身子，剑掠过他的头发，猛然回旋了一下后飞上了天，最后来到房间中央，在最高祭司头顶不远处集中起来。随后，更让人惊讶的现象发生了。

大大小小各有不同的这三十把剑，发出嘎吱嘎吱的声音碰在一起，组合起来变成一个巨大的物体。尤吉欧很快发现，这个东西的外形有点像人类。

粗大的脊骨贯穿中央，左右伸出了手，下边还长着腿，不过却有四条，比人类要多了一倍。

阿多米尼斯多雷特将左手握着的敬神模块，向正在迅速变为奇特的巨人——不，是怪物——的那些剑举起。

——那个三角柱体，就是最高祭司的记忆解放术的关键。

在尤吉欧察觉到这一点的同时，身旁的桐人高喊道：

"Discharge！"

只见他张开的右手上已经出现了一只火焰形成的鸟。在尤吉欧与可能也在发呆的爱丽丝看着剑合为一体的时候，只有桐人在咏唱着术式。

发射出去的火焰鸟朝着阿多米尼斯多雷特手中的三角柱体飞翔。虽然热素攻击术的种类很多，但桐人用的"Bird shape"术能够自动跟踪目标。而且此时最高祭司的眼睛正看着头顶的巨人，没有发现桐人的动作。这样能够命中！

尤吉欧对这次攻击很有信心，但就在下一个瞬间——

飘浮在空中的剑之巨人伸出一只脚，挡在火焰鸟的面前。鸟此时已经无法回避，撞在脚上面变成了深红的光点四散开来。而闪耀着金色光芒的剑只是表面变黑了一些，似乎没有受伤。

至于阿多米尼斯多雷特，则是完全无视了这一幕，左手轻轻将三角柱体放出。三角柱体看起来不像是被扔上去的，而是自己浮了起来，被吸进了构成巨人脊骨的三把剑之中。

紫色的光芒缓缓上升，最终在一个位置停了下来。如果将巨人当成生物的话，那么那个位置就是心脏所在。然后它又猛烈地闪了一下。

光芒传遍了巨人全身，之前这些如同装饰品一样边缘呈圆角的剑全都"刷"的一声变出了锐利的锋刃。尤吉欧本能地察觉到，这便是最高祭司的术式完成的瞬间了。

剑之巨人张开四只脚，在空中猛然飞了一下，然后落在尤吉欧等人与最高祭司的中间位置，发出沉重的轰响。

尤吉欧默默地仰视着这个身高恐怕有五梅尔的怪异巨体。

它的脊骨、肋骨、两只手与四条腿，全部都是由金色的仿造——不，是真剑组合而成的。它的样子就像是孩子用自己削的树枝做成的玩具……又或者是传说中在暗之国的深处栖息的骸骨魔物一样。

"不可能……"

骑士爱丽丝的低语已经近似于呻吟了。

"同时对复数个……而且是接近三十把的武器，使用如此大规模的完全支配术，根本已经违反了术式的原理。即使是最高祭司大人，也必须遵从神圣术的大原则才对啊……她到底是

怎么……"

　　也不知道阿多米尼斯多雷特有没有听到爱丽丝的话，漂浮在剑之巨人后方的少女并没有回答她的疑问，而是露出了满足的浅笑。

　　"呵呵……呵呵，呵呵呵。这就是我一直追求的力量。能够永远战斗下去的，纯粹至极的攻击力。名字嘛……嗯，就叫'剑魔像'吧。"

Sword Golem

　　尽管处在这种紧张的状况下，尤吉欧还是不由得推测起陌生的神圣语到底有着什么含义。

　　他知道"Sword"指的是剑，但是"Golem"从来没有在学院里的任何教科书里出现过。就连神圣术的水平应该比尤吉欧强上许多的爱丽丝似乎也对此没有头绪。

　　片刻之后，桐人以嘶哑的声音打破了寂静。

　　"剑的……自动人偶。"

　　似乎是他翻译得没错，阿多米尼斯多雷特的笑容变得更深，轻轻拍了拍双手。

　　"小男孩你对神圣语……不，对英语也挺熟悉的呢。如果不愿当骑士的话，我可以允许你当我的书记官哦。不过你得马上放下剑，为你的无礼谢罪，然后宣誓永远忠诚于我。"

　　"很遗憾，我可不觉得你会相信我的誓言。而且……我还没有认输呢。"

　　"我并不讨厌硬骨头，但是笨蛋我可不想要。难道说，你以为自己能赢过我的魔像吗？赢过这个每把剑都有着神器级优先度的人偶？赢过这个几乎耗光了我宝贵的记忆领域，才终于完成的最强兵器？"

兵器，尤吉欧还记得这个词。

我还记得副骑士长法那提欧说过，在很久以前，最高祭司曾用一千块镜子将索鲁斯的光芒集中在一点，没有用神圣术就产生了超高温的火焰。最高祭司将那次尝试，称之为"兵器的实验"——

也就是说，兵器指的是能够发挥超越神圣术力量的道具吗？然后，现在屹立在尤吉欧等人面前的剑魔像，正是那个兵器的完全体吗？

也不知道三个人的表情看在阿多米尼斯多雷特的眼中是什么想法，只见她露出冰冷的微笑，缓缓地挥动了右手。

"好了……战斗吧，魔像。将眼前的敌人全部消灭。"

仿佛是对这个命令等候得太久了似的——

剑之巨人的心脏部分猛然亮起紫色的光芒。

剑魔像的大小还比不上先前元老长丘德尔金制造出的火焰小丑，但是那无数关节嘎吱作响着逼近的诡异形态，让尤吉欧尝到了仿佛会让心脏冻结的恐怖。

在魔像高高举起各自由三把剑构成的双手时，最快做出反应的，是之前似乎一直处于茫然之中的骑士爱丽丝。只不过慢了半秒，骑士就勇猛地准备正面迎击怪物了。

"喝啊啊啊啊啊！"

猛然炸裂的呐喊甚至连魔像发出的声音都掩盖了过去。爱丽丝用双手握着金桂之剑，将它高高举起，全身后仰至极限。

此时，桐人也开始了行动。他猛然扑向右前方，想要绕到魔像的侧面。

尽管尤吉欧依然沉浸在恐惧中，呆呆地站立在原地，但他还是推测出了桐人和爱丽丝的目标。

两人都判断，如果这个魔像有弱点的话，那么必定是在脊骨与四条腿的结合处，也就是相当于人类骨盆的地方。但是从正前方攻击骨盆太过危险，因此就由爱丽丝当诱饵来吸引魔像的注意力——如果它有这种东西的话——然后桐人趁此机会从侧面斩断敌人的要害，这和与丘德尔金战斗时采用的战术基本是一样的。

对明明事先没有任何商量，两人却能瞬间做出这种配合。对此尤吉欧只能带着深深的感叹和淡淡的心痛，看着他们战斗。

爱丽丝的剑划出一道宛若索鲁斯光芒的闪亮轨迹，在空中奔腾。

怪物的右手也轰然挥下。大小不同，却都闪着金色光辉的两把剑碰撞在一起的瞬间，产生了足以撼动整个大圣堂的冲击，卷起的风打在了尤吉欧身上。

距离双方开始突击仅仅过去了两秒钟。

而能称之为"战斗"的行为，就在这个瞬间结束了。

爱丽丝的金桂之剑——有着"永恒不灭"的属性，堪称神器中的神器，被魔像的右手毫不费力地弹开了。

剑往后方飞去，而骑士的身体在它的牵引下微微浮起，失去了平衡。

就在爱丽丝还拼命地想要稳住身形的时候，魔像已经举起左边的剑，以快到看不清的速度向她刺去。

咔——和刚才的碰撞比起来，这一声显得如此轻微。但是，这也是让战斗决出结果的声音。

魔像手上那把剑巨大到只能以凶恶来形容，而此时这把剑的剑尖出现在了爱丽丝那纤细的脊背上。通红的血珠四处飞溅，美丽的金色长发沾上了鲜血，在空中飞舞。

被砍成左右两半的金色胸甲瞬间因为天命耗尽而粉碎。金桂之剑从骑士的右手上脱落，掉到了地上。

最后，魔像将左剑随意地拔出，带动着整合骑士向前方倒去。

"唔……啊啊啊啊！"

一声仿如哀嚎的怒吼响起。

发出这一声怒吼的是桐人。迂回到巨人右侧的黑发剑士双眼浮现出奇异的光芒，猛然向前突进。

黑色的剑身上迸射出鲜艳的蓝光——绝技"垂直斩"。

如果能破坏藏在脊骨中的敬神模块，魔像可能会就此停下来。但是守护着模块的剑刃实在太厚，而且绝技根本打不到那么高的地方。因此桐人的目标是魔像的脊骨与腿的结合部位。只要能破坏那个裸露的地方，巨人应该就无法动弹了。

此时魔像的双手在刚才已经都挥了出去，应该没有防范的手段了。

但是，就在桐人的剑动起来的瞬间——

巨人的上半身以脊骨为轴，猛烈地旋转起来。它的左手以人类不可能做到的动作往侧面移动，横着斩向桐人。

沉重的碰撞声响起。桐人以仿佛超越人类的反应改变了绝技的轨道，准备迎击魔像。

但是，片刻之前看到的光景再次在尤吉欧面前重演。

桐人的身体因为承受不住冲击而浮起，魔像趁这个机会抬起左后方的脚，刺入他毫无防备的怀中。

沉重的"咔"声再次响起，桐人被打飞到侧面，猛地撞到东边的窗户上。多得可怕的鲜血染红了玻璃，黑衣剑士滑落在地上。

尤吉欧无声地凝视着从趴在地上的搭档身下扩散开来的血泊。

他的脚和手都已经没有任何感觉了。自己的身体仿佛已经不属于自己，那小幅度的颤抖怎么也停不下来。

尤吉欧缓缓地转动着唯一勉强能够动弹的头，仰视着在离自己仅有五六梅尔的剑魔像。

怪物也直直地俯视着尤吉欧。脊骨顶端的剑柄部分就像一张脸一样，镶嵌在剑锷上的两颗宝石则如同眼睛一般不规则地闪耀着。

尤吉欧无法动弹，甚至无法出声。他那麻痹的头脑中只是不停地重复着一句话。

——骗人的吧。

——骗人的吧。这是骗人的吧。

骑士爱丽丝和桐人，他们可以说是现在人界最强的剑士了。两人即使面对这种诡异的怪物，面对"兵器"，也绝对不可能就这样输了。他们一定会和以前一样，很快站起身来，再次举起剑……

呵呵，呵呵呵。

一阵低低的笑声夹杂在魔像放出的沉重金属音中传来。

尤吉欧转过视线，看到漂浮在后方的阿多米尼斯多雷特像是很开心地看着惨剧的现场。如镜子一般的眼睛映照出来的只有桐人和爱丽丝所流血液的红色，不存在一丝一毫的怜悯。

异形巨人再次开始动了起来，准备彻底执行主人的命令。

它抬起右前脚，在跨过很大的一步后猛地插在地上。然后是左前脚。

巨人渐渐靠近。他的左手上沾满了红色的液体。而尤吉欧此时在想，至少自己要死在那只手上。此时就连恐惧都消失在他的脑中，整个世界都显得无比宁静——

因此，听到那如同气泡一般在自己脑海中炸开的声音时，他恍惚中以为是自己的幻觉。

"用你的短剑，尤吉欧！"

这是一个有些低沉，音色却极为悦耳的女性声音。

如果说这是死前的幻觉，它又不是自己曾经听到过的声音。尤吉欧不由得向右边看去——

他看到的，是倒在地上的桐人的右肩上，有着一只指尖般大小，颜色漆黑的蜘蛛。

这样小的虫子是不可能说话的。但是，声音中的某种感情却让尤吉欧相信了这个事实。即使意识已经麻痹，他还是毫不怀疑地接受了这样的事实：这只仿佛正在斥责他一般举起右前脚的小小生物，正是声音的来源。

"不……不行的。那把短剑刺不到阿多米尼斯多雷特身上啊。"

他低声地回答道。蜘蛛举起的脚猛烈地挥动起来。

"不是！通道啊！刺在地板的升降盘上！"

"咦……"

尤吉欧惊讶地瞪大了眼睛。黑色的蜘蛛用如同红玉一般闪烁着的四只眼睛直直地看着尤吉欧，继续说道：

"我来争取时间！快点！"

蜘蛛舞动着嘴边可爱的牙大喊着。在看了一眼桐人那已经失去了血色的脸，右脚轻轻地在上面碰了一下之后，"她"落到了地板上。

在无声地着地之后，小小的黑蜘蛛——

迅速地朝那恐怕比自己大了几万倍的剑魔像直直地冲去。


## ⊢3

我本以为，自己已经在一定程度上克服了肉体的痛苦。

在两年多前，我在卢利特村北方的洞窟里，和从暗黑帝国入侵的哥布林们战斗过。在战斗最为激烈的时候，哥布林队长的大刀砍在了我的左肩上。虽然那绝对算不上致命伤，但是因为过于痛苦——正确来说是因为痛苦所产生的恐惧，让我害怕得动弹不得。

那段经历，让我清楚地发现了Under World之中的我有着什么样的弱点。因为很长的一段时间里，我所战斗过的世界中，都用NERvGear和AmuSphere的痛觉吸收功能去除了痛觉，因此失去了对疼痛的抗性。

从此之后，在和尤吉欧的练习以及学院里的比试之中，我一直都提醒自己即使被木剑击中也不要害怕。因此，即使在和整合骑士的战斗中负伤，也起码不会因为害怕而动不了。在Under World里，哪怕被斩断了手脚，只要天命没有归零，那么也能够彻底治愈。

但是——

在这次漫长旅途即将结束的时候，我才痛苦地发现，自己什么都没有克服。

最高祭司阿多米尼斯多雷特制造出来的战斗兵器，也就是名为"剑魔像"的这东西，其力量和速度大大超出了常规。它的性能甚至已经高到脱离了这个世界的规则。能防御住它左手的那一击已经近乎于奇迹，至于它左后脚发动的第二击，我根本连看都看不清。

构成魔像腿部的剑刺入我的右侧腹，然后切开我的内脏，从左侧腹飞出。在被击中的瞬间，我感受到的是如冰一般的寒冷在我的腹部掠过。而在被打飞，撞到玻璃，倒在地板上之后，则是仿佛被灼烧似的剧痛传遍我的全身。连一根手指都动不了，下半身甚至已经没有了感觉。搞不好我现在已经被砍成了两半，只剩一块皮连着了。

我现在居然还有思考的力气，这反倒显得更加不可思议。

也许是因为绝望已经远远超过了痛苦。

我的天命应该正在以前所未有的速度减少，也许不到几分钟之后就会归零了。

而整合骑士爱丽丝剩下的时间也许比我还少。倒在远处地板上的金甲骑士被剑魔像的剑贯穿了胸口，虽然没有直接击中心脏，但是出血量也大得可怕。即使使用顶级的治愈术，也许都已经来不及了。这个仅靠意志的力量就突破了全Under World居民都有的"右眼的封印"，堪称是奇迹的摇光，正要消失在

我的眼前。

虽然眼睛看不到，但恐怕，此时可能还站着的，我最好的朋友尤吉欧的生命也已经如同风中的烛火。虽然他在技术上已经超越了我，但那可不是光靠剑技就能对抗的敌人。

我模模糊糊地看到，剑魔像将地板踩得颤抖起来，一步步地向前走去。

我想叫他逃跑，但此时我只能无力地呼出一口气。

不，就算我叫出声来了，尤吉欧也绝对不会逃跑。想必他会为了救我和爱丽丝而举起蓝蔷薇之剑，站在那个强大的敌人面前。

陷入这种最糟糕的境地的原因，首先是我的误解——我愚蠢地认为，阿多米尼斯多雷特应该是不会杀人的。

在大图书馆里，贤者卡迪纳尔用茶杯说明了这个世界里所谓的"禁忌"的本质。她当时想表达的意思，是任何禁忌都有漏洞。而阿多米尼斯多雷特恐怕就是以并非自己亲自动手，而是制造自动杀敌兵器这样的办法，突破了自己所被赋予的限制。

那仿佛烈焰焚身的剧痛，不知何时开始渐渐变得毫无感觉，变得越来越空虚。

我的天命很快就要归零了。在那个瞬间，我就会退出这个世界，在STL之中醒来。到时候，想必RATH的工作人员们就会告诉我，现在的Under World——包括爱丽丝和尤吉欧在内的所有摇光，都毫不例外地被删除了。

我多么希望，我的天命和尤吉欧他们的天命有着相同的意义。

我多么希望，我能在这里和两人一起迎来真正的死亡。

除此之外，我想不出要怎么做才能向他们赔罪。

在渐渐昏暗下来的视野中，我只看到了剑魔像不停前进的四条腿，以及倒在地上的爱丽丝那一头金发的光芒在晃动着。

就连这一丝光芒，也开始渐渐远去。

而就在此时，耳边响起了一阵微弱却又无比分明的声音。

"用你的短剑，尤吉欧！"

这悦耳的声音仿佛在什么地方听到过。而我甚至已经没有了思考的力气，只能听着那仿佛女中音一般的声音和尤吉欧的对话。

声音的来源在说出了几个简短的指示后，就宣布自己要争取时间，从我的耳边移开了。在那一瞬间，我的右脸仿佛被什么温暖的东西摸了一下。

这温度让我稍微恢复了一些身体的感觉，我拼命地张开半闭的双眼。

在我的眼前，一个小东西无声地落到了被我的鲜血染湿的地板上——

那是一只外面反射着黑色的光泽，小到了极点的蜘蛛。

没错，那是夏洛特。那是贤者卡迪纳尔那只为了收集我的资料，潜伏在我身边两年之久的使魔。

但是，为什么她会在这里？这只小蜘蛛应该是在大图书馆里被主人解除了任务，消失在书架的缝隙里了啊。

因为过于惊讶，我甚至暂时忘却了痛苦与恐惧。而那只小小的生物，就在我的眼前向接近的巨大魔像发动了突击。

八只细腿以让人目不暇接的速度在地毯上舞动。但是蜘蛛的一步所跨过的距离，根本无法与魔像相比。面对此时正要向尤吉欧发动攻击的魔像，她到底要用什么办法争取时间呢？

然而，就在我这么想着的时候，一个更大的惊讶让我不由得呻吟起来。

黑蜘蛛的身体突然变大了一圈。

每当那尖尖的脚碰到地板的时候，蜘蛛的体积就会急速增大。很快，她的身体就从老鼠般的大小变成有猫那么大，很快就超过了狗，之后依然在不停地变大。不知从何时开始，我那贴着地板的脸颊上，已经能感受到夏洛特的脚踩在地毯上时传来的沉重振动。

"吱吱！"

剑魔像发出如同在挤压金属一样的声音，终于将夏洛特认定为敌人。位于脸部的两颗宝石闪烁起来，仿佛是在对眼前的敌人进行评估。

"嘎啊！"

已经变大到全长超过两米的黑蜘蛛发出了尖利的威吓声，四只眼睛也发出了锐利的光芒。

尽管身高不到魔像的一半，但是相比起敌人那副由细长的剑构成的身体，巨大化夏洛特的身体都被坚硬的甲壳覆盖。漆黑的外壳在光照下呈现出带着一丝金光的红黄绿三色，八只脚上长着的勾爪则如同黑水晶一般。

在两手位置的两只脚要显得更大，勾爪也长到会让人误以为是剑。夏洛特高举起右脚，打在了魔像的左腿上。

仿佛两把巨剑猛烈撞击一般的沉重金属冲击声在房间里响起，迸射出的橙色火花将昏暗的室内猛然照亮。

而这道闪光也照亮了不知从何时起已经开始迈步奔跑的尤

吉欧。

他并没有跑向魔像，也没有跑向我或爱丽丝。

他为了执行夏洛特那"用短剑刺升降盘"的指示，向南侧墙边上的圆形花纹冲去。

在尤吉欧的身后，是因为夏洛特的一击而微微失去了平衡的剑魔像。但它很快就轻松地站稳脚跟，正在将右手的剑高高举起。

魔像似乎是已经将这只突然出现的巨大黑蜘蛛彻底当成了敌人，蓝白色的双眼爆发出锐利的光芒，轰然挥下右手。

夏洛特用左手挡下了这一击。

在空中猛烈碰撞的黄金长剑和黑水晶勾爪再次产生出强烈的冲击波。沿着地板传来的振动甚至让我的身体也颤动起来。

大蜘蛛后面的六只脚猛然弯了下去，接下了魔像之前将我和爱丽丝轻松打飞的一击。

两者随后开始了猛烈的对抗，想要将对方压倒。夏洛特那承受着超高负荷的脚上，坚硬的外壳开始出现了扭曲。构成魔像右手的三把剑也用力地挤压着自身的关节部位。

相持状态仅仅持续了三秒就结束了。

随着沉重的"啪咔"声，夏洛特的左前脚折断了。断面上迸射出乳白色的液体，沾染在黑色的甲壳上。

但是蜘蛛一步不退，继续伸出了剩下的右前脚。她的目标，是构成剑魔像脊骨的三把巨剑的空隙——在那里面闪耀着紫光的敬神模块。

如同黑色闪电一般伸出的勾爪，即将贯穿可能是魔像最大弱点的柱体。但是就在这个瞬间，在脊骨左右构成肋骨的几把剑突然动了起来。

咔嚓！宛如切纸机一般的金属音响起。左右各四把剑刃交错在一起，夏洛特的右脚仿佛被吞噬了一般，被轻巧地从中间切断，再次喷出大量的体液。

魔像的肋骨缓缓张开，碎成多节的半截脚掉落在地上。它的双眼仿佛在嘲笑似的微微闪烁着光芒，似乎已经确定了自己的胜利。

尽管已经失去了两只前脚，但是夏洛特依然勇猛无比。

她再次尖叫了一声，随后一跃而起，准备用嘴上那粗短的牙齿咬上去。

但是，她的攻击未能成功。魔像的脚以快到看不清的速度踢起，砍断了夏洛特左侧的两只脚。大蜘蛛失去了平衡，猛然掉落在地上。

够了，快逃啊。

我想这样叫喊。

我没有和这只名为夏洛特的黑蜘蛛直接说过话。

但是，她一直注视着我。在宿舍花坛里培育的洁菲莉亚花被莱欧斯两人破坏的时候，是夏洛特告诉了我还有拯救它们的办法。而卡迪纳尔给她的使命，其实只是监视我而已。

是的——她不应该只为了争取时间而参与这种毫无希望的战斗。

我无数次地想要叫喊，但是却发不出声音。

夏洛特用剩下的四只脚勉强地站了起来，压低了身子，准备再次开始不顾一切的突击。

但是，还没等她动起来，魔像的左手已经从她的正上方挥下，划出优美的曲线，深深地刺穿了黑蜘蛛的身体。

"……啊……"

我的喉咙中，发出了一阵微弱到不能称之为哀嚎的声音。

而就在此时——

突然产生的紫色闪光，填满了我的视野。

我曾经见识过一次这样的光芒。肆虐在整个房间中的光带，全都是微细文字列的集合体。当时为了拯救副骑士长法那提欧，我对她使用了卡迪纳尔所给的短剑时，也产生了同样的光芒。

一定是尤吉欧到达了升降盘，将他所拿的短剑刺了进去。虽然不知道到底产生了什么结果，但是尤吉欧并没有浪费夏洛特通过舍生忘死的突击而争取到的时间。

漆黑的蜘蛛沐浴在渐渐变淡的光芒下，即使已经被彻底贯穿了身体，却还用剩余的脚划拉着地板，似乎还想要站起来。但是，在魔像的手发出湿润的声音抽出之后，夏洛特那巨大的身躯就无力地倒在了白色的血泊中。

她脸上的四只眼睛几乎已经失去了原本如红宝石一般鲜艳的绯红色。在看了一眼升降盘的情况后，她一边口吐鲜血，一边用微弱的声音说道：

"太好了……赶上了……"

她右侧的脚颤抖着，改变了身体的朝向。那四只眼睛温和地注视着我。

"能在最后……和你一起……战斗……我很高……兴……"

话语仿佛消融在了空中一般中断，红光在那光润的眼睛中闪烁了一下之后就彻底消失了。

我的眼前缓缓地模糊起来。我第一次知道，即使是到了濒死之际，人还是会流下眼泪的。黑色蜘蛛的巨大身躯无声地缩小，白色的血泊也迅速地蒸发，最后只剩下一具仰着倒在地上，四只脚缩起，只有指头大小的尸骸。

剑魔像似乎对被自己消灭的生命瞬间失去了关心，它猛然转头，用那发光的双眼看着尤吉欧。

它那巨大的身躯也转过九十度，将踏出的脚刺入地板。在它的前方，紫色的光之缎带正不停地摇晃着。

我用尽全身的力量，将头移动了几厘米，看向光源所在的地方。

圆形房间的南侧，距离玻璃窗不远的地板上，有一个闪烁着光芒的环。那正是我和爱丽丝用来移动到一百层所用的升降盘。

在那个环的中间，插着一个像是小十字架一样的东西。那是卡迪纳尔所赠，我和尤吉欧各持一把的赤铜短剑。那是她用自己这两百年来不停伸长的辫子当作资源生成的，只要将短剑插在一个地方，就能在那个地方和卡迪纳尔之间打开一条跨越空间的通道。

那原本是对付阿多米尼斯多雷特的最后手段，而尤吉欧此时按照黑蜘蛛夏洛特的指示，将它插在了地板的升降盘上。

此刻整个升降盘都在散发出紫色的光芒。仿佛大量音叉共鸣一般的高频音变得越来越响亮，最后，整把短剑都分解了，化为细长的光柱，将升降盘和天花板连接起来。

站在旁边的尤吉欧像是无法直视这样的光亮似的，用左手遮住了脸。而原本朝他所在的方向前进的剑魔像似乎也对这无法理解的现象感到困惑，嘎吱作响地停下了脚步。

光柱渐渐变宽，中心部分出现了一块颜色鲜艳的焦茶色平面——或者说是板。但它又不只是一块板。它的周围包裹着四角形的边框，在一侧有着银色把手——这是一道门。

在我认识到这一点的时候，光芒瞬间变得更加闪亮，随后就消失了。高频音也随之平息，房间回归了寂静。

我和尤吉欧只是无声地看着这道厚重的门，感觉它的设计与配色似曾相识。

在异常现象平息之后，剑魔像的程序似乎再次开始启动，它抬起右脚往前踏出一步。

而就在此时——

咔嚓——显得有些生硬而微弱，却又无比分明的声音响了起来。

银色的门把手缓缓地转动，然后那生硬的声音又响起一次，随后，门静静地打开了。

这道门是孤零零地立在地板上的，那么打开它之后，看到的应该还是房间的景象。但是，从打开的缝隙中并没有透下月光，门的内部包裹在彻底的黑暗中。

门板缓缓地移动着，在打开五十厘米左右之后就停了下来。此时还是看不清对面的景象。剑魔像无视了门，继续往前走去。距离那巨大的剑将尤吉欧纳入攻击范围还有三步……两步……

突然，门后的黑暗被庞大的光芒填满。

纯白的闪电横着从门后击出。

轰隆！响起的冲击声远超我之前见识过的所有神圣术，狠狠地灌入我的耳朵。

直接轰在剑魔像身上的电光如同生物一般将它卷起，让它巨大的身躯变得一片焦黑。

在经过数秒的肆虐后，电击终于减弱。之前在我们看来耐久力简直高到无敌的魔像摇晃着上身停下了脚步。几十把剑上飘起了淡淡的白烟，双眼不规则地闪烁着。

怪物依然顽强地想要前进，而从门里射出的闪电再次轰击在它身上。有着如此威力的神圣术本应该需要长达几十行的术式才能发动，这样的连射速度简直是耸人听闻。全身上下都变得一片焦黑的魔像再次发出尖利的吼叫后退了一步，而在半秒钟之后——

一阵更加猛烈的雷鸣声响起，第三发闪电射出。比前两发更为粗大的白光轰在那五米高的战斗兵器上，让它仿佛纸糊的一样轻飘飘地飞了起来。它旋转着从飘在空中的阿多米尼斯多雷特右侧飞过，砸在房间深处的地板上。在它落下的时候，我似乎感觉到整个中央大圣堂都在颤动。

虽然仰面朝天的魔像停止了动作，但其天命似乎还没有耗尽，构成手脚的剑还在微微地颤抖。不过，它一时半会儿应该也站不起来了。

我将视线收回，再次看向位于门后的黑暗。

我已经能够很肯定地说出那个将要出现的人的名字了。在这个世界里，能够连发那种超强力神圣术的人，除了最高祭司阿多米尼斯多雷特之外，就只有一个。

从黑暗的深处最先出现的是一把细长的手杖，以及握着它的一只小手。随后是覆盖着纤细手腕的宽大袖子。然后是一件有着多重褶皱的黑色丝绒斗篷，带着流苏的四方帽。最后是斗篷下的平底靴向前踏出一步，无声地踩在地毯上。

那头看似很柔软的栗色卷发，还有那带银边的小眼镜被月光照耀着，那双童真和无尽智慧并存的大眼睛，在镜片后闪烁着光芒。

蓝白色的月光下，在被隔离的大图书馆里度过了近乎永恒的岁月，身为最高祭司阿多米尼斯多雷特的分身，与她有着同等权限的贤者卡迪纳尔悠然地从门中走出，随后停下了脚步。那扇门就在她身后自动关闭了。

门的钥匙自然就是尤吉欧持有的赤铜色短剑。他根据夏洛特的指示将短剑插在了升降盘上，之后短剑就将升降盘和卡迪纳尔连接了起来。这样一来，通过术式将升降盘的连接地点改到图书馆，对她来说简直是轻而易举。

矮小的贤者以如同教师一般严肃的表情，扫视着这个她可能是第一次看到的大圣堂最顶层。

她看向站在旁边的尤吉欧，轻轻点了点头。然后凝视了一下倒在不远处的骑士爱丽丝。随后她将视线转向同样趴在地上的我，像是为了让我安心似的露出一丝微笑，再次点了点头。

然后，在最后——

卡迪纳尔猛然转过矮小的身躯，直直地看向那个浮游在房间的深处，一直保持着沉默的阿多米尼斯多雷特。从贤者的侧脸上，我看不出在和这个时隔两百年后终于重逢的终极敌人对峙时，她心中有着怎样的感慨。

卡迪纳尔确认现在的状况之后，便迅速举起了右手的手杖。她那小小的身体突然飘浮起来，在空中移动到了我和爱丽丝倒下的地方。

落到地上后，她先是用杖头轻轻地碰了一下爱丽丝的后背，闪亮的光点轻轻飘落下来，融进了骑士的身体之中。

随后，她又用那把细长的手杖拍了拍我的肩膀。温暖的光再次出现，包裹住我已经完全失去感觉的身体。

那仿佛整个人都已经变成空壳，冰冷到极点的虚无感一下子就消失了，被魔像直接击中的腹部恢复了灼热的剧痛。在我忍住快要出口的惨叫后，疼痛也开始被温暖的波浪溶解。随着疼痛的减轻，身体也渐渐恢复了感觉。我举起僵硬的右手重复了几次握紧与松开的动作之后，战战兢兢地往腹部的伤口探去。

虽然还留下了一碰就会抽痛的伤痕，但那几乎要将身体劈成两半的重伤已经彻底消失，我对此只能感到惊讶。如果我的治愈术要达到同样的效果，恐怕只能在阳光充足的森林里连续咏唱几个小时了。

这样的奇迹，甚至让我有些犹豫该不该马上庆幸自己得救。当然，这一切是需要付出相应代价的。而且付出代价的不是我，而是作为施术者的卡迪纳尔。因为，现在这种状况，恐怕就是最高祭司阿多米尼斯多雷特真正的目的——

卡迪纳尔没有注意到我充满恐惧的想象，而是再次轻轻地飘起。

在移动了短短的一段距离后，她来到倒在地毯上的那具小小的尸骸前。

手杖咚的一声插在地上。即使失去了主人的握持，手杖也没有丝毫要倒下的迹象。

卡迪纳尔轻轻弯下腰，温柔地用双手将那小小的遗骸捧起。她将黑蜘蛛夏洛特捅在自己胸前，深深地低下头去，用几乎微不可闻的声音低语道：

"你这个……死脑筋啊。我不是早已说过，你大可卸下职责，慰劳自己的辛苦，在你喜欢的书架角落过你期望的生活吗。"

在那副圆眼镜后，长长的睫毛扑扇了几下。

我抬起终于能够活动自如的右手，握住落在我身边的黑剑，拄着它站了起来。晃晃悠悠地走到卡迪纳尔身边后，我暂时丢开其他许多要问的事情，首先问道：

"卡迪纳尔……那就是夏洛特……真正的样子吗？"

贤者抬起头，卷发在风中飘荡着。她用微微湿润的眼睛看着我，以一种怀念的口吻回答道：

"在古代，人界的森林与荒野里，盘踞着许多魔兽和怪物。你对这样的生物应该很熟悉吧。"

"稀有怪<sup>Named Monster</sup>……但是，夏洛特会说人话，也有感情啊……难道她也有摇光吗？"

"不……用你那个世界的话来说，她等同于NPC。她拥有的不是摇光，而是存在于主视觉化机<sup>Main Visualizer</sup>角落里的一个小小的模拟思考引擎，算是系统的一部分。在过去，人界里安置着许多能够用通用语进行对话的大型野兽、古树以及巨岩。但是……现在他们都消失了。其中有一半是被整合骑士消灭，另一半是被阿多米尼斯多雷特拿去当成了物体资源。"

"是吗……就好像是北方山脉的洞窟里变成骨头的守护龙一样……"

"没错。我因为对此感到不忍，便尽可能地将新生成的这类AI都保护了起来。我所驱使的使魔大部分都是没有思考引擎的小型个体，但是偶尔也会有夏洛特这种被我保护起来的AI。因为他们都有着很高的属性，就算外观缩小，也不会轻易受伤。

所以她才能潜伏在你的衣服里，不管你怎么动她都没事。"

"但、但是……但是啊……"

我呆呆地看着夏洛特那躺在卡迪纳尔手中的尸骸，忍着快要流出的泪水继续问道：

"夏洛特的话语和行动，绝不是那种模拟出来的AI所能做到的。她救了我的命，为了我而牺牲了自己。为什么……她为什么要这么做呢……"

"我以前也说过，这孩子已经活了五十年之久。在这段时间里，她一直与我说话，观察过许多人类。而跟在你身边已经有两年……一起度过了这么长的时间，哪怕没有摇光——"

卡迪纳尔突然提高了音量，坚决地将话说完。

"哪怕她的智慧和本质只是输入与输出资料的积累，也依然拥有一颗真正的心。甚至可能拥有爱——你应该永远都无法理解吧……阿多米尼斯多雷特，你这空虚之人！"

随着这声凛然响起的怒喝，小小的贤者终于正眼凝视两百年来的仇敌。

飘浮在远处的空中，默默地看着这一切的最高统治者并没有马上回答。

她只是用十指交缠的双手挡着嘴，镜眼中则浮现出了神秘的光芒。

根据在图书馆时卡迪纳尔所说的话，阿多米尼斯多雷特在和真正意义上的Cardinal系统融合的时候，为了防止自我纠错的子进程——也就是构成了现在这个卡迪纳尔的第二人格——发动叛乱，通过对摇光的操作，将几乎所有的感情都舍弃了。

因为之后分成了两个人，所以阿多米尼斯多雷特已经不必再担心被子进程抢走身体。但就算如此，感情对她本来就没有意义，因此也不会特地去将其修复。

因此，我对阿多米尼斯多雷特这个人的印象，就只是一个机械性地处理着任务，有如一个程序般的人。但是在大圣堂顶层看到的这个最高祭司却和想象中大有不同。她对丘德尔金的蔑视，作弄我们时露出的微笑，怎么看都不像是虚假的表情。

然后，现在也是——

银发银眼的少女用其双手遮住的嘴里发出如珠落玉盘一般的笑声，轻轻眯起了双眼。

呵，呵呵。

听到卡迪纳尔如此激昂的话语，她却颤抖着肩膀不停地笑着，似乎完全不将它当一回事。

过了片刻，她才终于在笑声的间隙中，说出了短短的一句话——一句将我先前的恐惧变为现实的话语。

"我就知道你会来。"

呵呵，呵呵呵。

"我就知道，只要欺负一下这个小男孩，你就会从那充满了霉味的地窖里跑出来。这就是你的极限啊，小不点。明明培养了用来对抗我的棋子，但是却无法将他当成棋子舍弃掉。人类这种生物，还真是无可救药呢。"

果然——

就如我所恐惧的那样，阿多米尼斯多雷特的真正目标是把我们逼入绝境后，将卡迪纳尔从被隔离的大图书馆引出来。换句话说，最高祭司还保留着在陷入这种状况后依然能够确保胜利的底牌。

但是，那本应被她当成最终兵器的剑魔像此时已经几乎被卡迪纳尔彻底破坏，而这边还剩尤吉欧和我勉强能够战斗。仔细一看，发现爱丽丝似乎也恢复了意识，她单手按在地上，正准备站起身来。

卡迪纳尔和阿多米尼斯多雷特可以说是表里一体，如果一对一战斗的话，两人必定会两败俱伤。现在这种状况，本应是我们这边占据了压倒性的优势才对。

也就是说，阿多米尼斯多雷特在连通着图书馆的那道门打开的那一瞬间，就应该放弃旁观，尽全力攻击才是。但到底是出于什么原因，她才会任由剑魔像被破坏，我和爱丽丝被治愈，甚至还让我和卡迪纳尔说了不短的一段话呢？

卡迪纳尔应该也与我有着同样的疑问。但是从她的侧脸上，只能看到没有一丝动摇的威严。

"哼，一段时间不见，反而是你变得擅长模仿人类了嘛。两百年来，你是否一直对着镜子练习笑容？"

她的话语毫不留情，但阿多米尼斯多雷特依然微笑以对。

"哎呀，但是小不点你那古怪的用词又是怎么搞的呢。两百年前，你被带到我面前的时候，还很胆怯地发着抖呢。是吧，莉瑟莉丝。"

"不许用那个名字叫我，葵妮拉！吾名乃卡迪纳尔，只为将你消除而存在的程序。"<sup>Cardinal</sup>

"呵呵，是啊。而我则是阿多米尼斯多雷特，管理所有程序之人。疏于问候实在抱歉，小不点。因为要准备欢迎你的术式，所以花了点时间呢。"<sup>Administrator</sup>

阿多米尼斯多雷特微笑着说完，轻轻举起右手。

她张开的五根手指，仿佛想要握碎什么看不见的东西似地弯曲起来。她那在之前从未见到脸色有一丝变化的白皙脸庞上闪过一丝血色，银眼中蕴含着凌厉的光芒。在察觉到最高祭司第一次认真地集中精神之后，冰冷的恐惧从我背上爬过。

但是，此时已经来不及采取任何行动了。只不过是一瞬间，阿多米尼斯多雷特的右手就已经猛然握了起来。

同时——

哐啷！无数生硬的破碎声从房间的所有方向猛然响起。我本来以为，包围着房间的那些巨大玻璃窗全部碎掉了。

然而，事实并非如此。

破碎的，是窗外——那黑沉沉的云海和满天的繁星，散发着蓝白色光芒的满月，以及全部的夜空。

我茫然地看着天空变为无数轻薄的碎片漫天飞舞，然后在互相碰撞之后化为更小的碎片落下。在依然显现着星空景象的碎片掉落之后显现出来的，是一幅只能以"不存在"来表现的光景。

让人无法观察出远近的黑紫色空间缓缓地蠕动着，描绘出如同大理石花纹一样的轨迹。让人感觉如果长时间凝视的话，就连观察者的精神也会被这完全虚无的世界所吞噬。

虽然配色和美感都相去甚远，但我觉得这和当时所看到的景象很相似。那就是在浮游城艾恩葛朗特崩溃时，那片将傍晚的天空包裹起来的白色光幕。

难道说，这个Under World也要崩溃消失了吗？人界，暗黑帝国，村子和城市……以及生活在里面的人，也都无法幸免？

就在我快要陷入恐慌的时候，卡迪纳那虽然有一丝惊讶，但是却又坚定而没有一丝动摇的声音将我拉了回来。

"你……把地址分离了？"

——什么……意思？

尽管感到迷惑，但我还是直直地看着阿多米尼斯多雷特。银发少女轻轻地放下右手，以如同耳语一般的声音回答道：

"两百年前，在还差一点就能杀了你的时候却被你逃走，确实是我的失误呢，小不点。毕竟，将那个发霉的地窖设置成非连续地址的就是我自己啊。所以，那次失败让我学到了，等有一天把你引出来之后，我就会把你关入到我的牢笼之中——吃老鼠的猫所在的牢笼。"

最高祭司闭上嘴，用左手打了个响指，宣告术式的完成。

随着和之前相比轻微了许多的破坏声，屹立在后方地板上的焦茶色大门碎裂了，就连碎片都在空中就分解成光点消失。而且，就连本应存在于地上，显示着升降盘位置的圆形花纹也消失了。

就站在升降盘旁边的尤吉欧露出惊讶的表情伸出右脚，踩了几下地毯。然后他抬起头看着我，微微地摇了摇头。

看来是这么一回事。

阿多米尼斯多雷特破坏的，并不是窗外的世界，而是世界与这个大圣堂最顶层的连接。

哪怕我们现在能破坏周围的玻璃窗，也绝对无法再走出一步，因为外面已经不存在让人移动的空间了。放在这个虚拟空间中，这种封闭手段实在是太过于完美，不愧是只有管理者权限的拥有者才用得出来的手段。与此相比，旧艾恩葛朗特第一层的黑铁宫里那个监狱区简直只能以小儿科来形容了。

阿多米尼斯多雷特并没有白白浪费卡迪纳尔出现后的那几分钟，而是用来准备这个大型的术式。

但是，将空间的连续性彻底切断，也就意味着——

"我觉得，这个比喻未免不够准确。"

卡迪纳尔似乎比我更早得出和我相同的结论，低声反驳道：

"即使切断只需几分钟，但要重新连接起来亦是要大费周章。也就是说，你自己也已被彻底囚禁于此。而在现在这个状况下，谁是猫，谁是老鼠，你是否又能确定了？毕竟我们有四人，而你只有一人，如果你看轻这几个孩子，那可就大错特错了，葵妮拉。"

是的，的确如此。

事已至此，就连阿多米尼斯多雷特本人也无法轻易离开这个空间了。而她和卡迪纳尔是有着对等力量的术者。我们只需要在卡迪纳尔抵消敌人发出的神圣术后，趁此机会突进就能决定胜负了。

但是，即使被卡迪纳尔指出这一点，最高祭司那淡淡的笑容依然没有消失。

"四人对一人？不，你算错了。准确来说，是四人对三百人啊。而且这还没有算上我呢。"

在那甜腻的声音说出这句话的时候，躺倒在最高祭司后方的金属块——本应已经几乎全毁的剑魔像，发出了几乎要撕裂鼓膜的不协调声响。

"什么……"

卡迪纳尔低声叫了起来。她在打出那连续三发的全力雷击后，就做出了魔像已经彻底失去战斗力的判断了吧。而我对此也是深信不疑的。

但是，魔像那原本已经失去了光芒的双眼，此时正如同两颗恒星一般闪耀着。巨人以充满杀气的视线直直盯着我们，仿佛所有的损伤都瞬间消失了似的用两只手撑起上身，随后四只脚戳在地上，随着腹部发出的一声轰响站了起来。

仔细一看，之前在卡迪纳尔的闪电连击下烧焦冒烟的那些剑，已经恢复了原来那崭新的光泽。

在这个世界里，高优先度的武器的确有着自行回复天命的能力，但是也必须经过仔细的保养并收进剑鞘里才能发动。即使如此，要将减少到一半的天命恢复到最大值，就得花上整整一天，更别说构成魔像身体的那些剑，都只是挂在柱子上的装饰品而已。

即使真的如同阿多米尼斯多雷特所说，这些部件全都有着神器级的优先度，也不可能在这么短的时间里回复过来。

但是，此时屹立在最高祭司后方的剑之巨人，身上散发出和遭受雷击之前一样——不，应该说是更加强大的压倒性力量。甚至让我觉得，如果这个魔像能够大量制造的话，也许真的能抵挡暗黑帝国的总攻。

在我无言地呆立在原地时，小贤者那锐利的声音传入我的耳中。

"桐人，爱丽丝，尤吉欧，来我身后！绝对不可走出！"

听到她的指示，一开始就站在卡迪纳尔后方的另外两人向她跑去。爱丽丝身上那被贯穿了右胸的伤口似乎也差不多完全愈合了。虽然她失去了金色的胸甲，下面那件蓝色的骑士服也开了个大口子，但是动作上却没有受到影响的迹象。

爱丽丝努力地站直身子，架起金桂之剑，对我小声地说道：

"桐人……这一位，究竟是……"

"她叫卡迪纳尔。是两百年前和阿多米尼斯多雷特战斗后被放逐的另一位最高祭司。"

然后——还是和管理者 (Administrator) 相反的格式化者 (Formater)，让世界回归至宁静虚无的人。

当然，此时我不会连这些都说出来。只是对露出讶异表情的爱丽丝继续说明道：

"没事，她是我们的朋友。就是她救了我和尤吉欧，引导我们来到了这里。她真心爱着这个世界，并为它感到担忧。"

至少这些都是事实。爱丽丝虽然还是没能摆脱迷茫和困惑，却还是将左手轻轻按在右胸上——被卡迪纳尔以奇迹之力治愈的伤口处，大大地点了点头。

"我明白了。高位的神圣术会反映出术者的心……这位女士治愈我伤口的力量十分温暖，值得我去相信。"

我对此深有同感，点了点头。

即使是那种仅有一行的最低级神圣术，在对他人使用的时候，术者到底是在敷衍了事，还是在真挚地祈求，都会使效果产生极大的差别。

卡迪纳尔的治愈术能让所有痛苦都温暖地融化，充满了真正的慈爱。所以我期待并相信她那想将全Under World都回归虚无的决心还有商量的余地——但是，一切都得先赢下这场战斗再说。

必须得知道，原本应该失去了全部力量的剑魔像究竟是如何在一瞬之间就完全恢复过来，以及该如何才能对付他。

魔像全身闪耀着带着一丝黑气的金光，缓缓地开始前进。

与它对峙的卡迪纳尔毫不大意地举起手杖，但此刻已经不能像几分钟前那样，使用大威力的神圣术先发制人了。阿多米尼斯多雷特此时应该已经虎视眈眈，就等着卡迪纳尔使用术式的那一瞬间发动攻击。

——快思考。这是我此时唯一能做的事情。

剑魔像的自动治愈能力（Auto Healing），恐怕是记忆解放术带来的。既然如此，构成魔像巨大身躯的那三十把剑，恐怕是起源于拥有类似属性的"某种东西"。

一说到天命的自然恢复，我首先想到的是我右手上那把黑剑的来源，巨树基家斯西达。但是，它的超强恢复能力，是来自于阳光和地面源源不断地提供给它的空间神圣力（资源）。

然而，能为这个房间提供资源的，只有从南侧的窗户射下的月光，怎么想都不可能积蓄到能将那么巨大的身躯瞬间恢复的量。也就是说，剑魔像的起源不是像基家斯西达这样的自然物体。

这样一来，剩下的可能性就是有着不依赖空间资源的恢复力的生物型物体了。但是卡迪纳尔说过，过去存在于这个世界的巨大稀有怪已经绝种。而像熊和牛这样的普通动物个体，没有能产生如此高攻击力的优先度。就算一万只转换成一把剑，也远远比不上整合骑士们的神器。野兽的天命就是这么少。优先度和耐久度是成正比的，因此要制作出那样的三十把武器，就需要几千，乃至几万个大型动物个体……

等等。

刚才阿多米尼斯多雷特好像说了句很奇怪的话。

四人，对三百人。

用来制造那个剑魔像的个体，并不是类似动物那样的移动物体，而是人型个体，也就是生活在这个世界的人类。而且——有三百个之多。如果是一个小村子的话，这就等同于被彻底消灭了。

我在经过几乎要将脑子烧焦的高速思考之后得出了这个结论，直觉告诉我这就是事实。但是我一点儿也不对此感到欣喜，反而感到一种压倒性的恐惧向我袭来，鸡皮疙瘩从指尖泛起，经过脊背，一直到达脖子。

Under World 里的人可不只是单纯的会活动的物体。他们和现实世界的人一样有着真正的摇光，也就是所谓的灵魂。而且，即使肉体被变成了剑，只要还存在于这个世界上，那么其摇光的活动就不会停止。

也就是说，那些被变成魔像零件的人，其意识可能还存在于那没有眼睛、鼻子与嘴巴的金属之中。

卡迪纳尔似乎比我更早得出了相同的结论，小小的身体微微僵住，紧握着手杖的小手上没有一丝血色。

"你……"

她话语中的怒意已经盖过了那一丝稚气，甚至有些变调了。

"你……你都做了些什么！这样也算是统治者吗！变成这个剑人偶的人，全都是你必须守护的子民啊！"

两阵呻吟声同时从我的左侧响起。

"子民？子民……也就是说，人……类？"

尤吉欧摇摇晃晃地后退了一步。

"那……那个怪物，是……是人类？"

爱丽丝也用左手捂住了自己的胸口。

房间里充斥着冰冷而紧绷的寂静。

最终，阿多米尼斯多雷像是品尝着我们四人的惊愕、恐惧以及愤怒似的，微笑着答道：

"答，对，了。终于发现了啊。我本来还担心，没等我揭晓答案，大家就都死了呢。"

至高无上的统治者似乎真心为此感到高兴似的，发出了天真无邪的笑容，然后她拍了一下双手，继续说道：

"不过啊，我对小不点你有点失望呢。明明这两百年都在地窖里偷窥着，却还是不了解我呢。某种意义上来说，我还是你的妈妈呢。"

"一派胡言！你那彻底腐烂的本质，早已被我看得一清二楚了！"

"那么，你又为什么要说那么无聊的话呢？必须守护的子民？我怎么可能去在意这么低级的事情。"

阿多米尼斯多雷特的脸上依然带着笑容，但是她周围的空气仿佛突然急剧降温。她的嘴上带着绝对零度的微笑，继续吐出仿佛寒冰微粒一般的话语。

"我可是统治者，只要下界还存在着能被我随心所欲操控的事物就可以了。至于是人还是剑，这并不是什么重要的问题。"

"你……"

卡迪纳尔嘶哑的声音中断了。

我也不知道该说什么。

这个自称为阿多米尼斯多雷特的女性，不，是生物，其精神的构造已经不是我所能理解的了。她就如同那个名字表示的

155

一样是系统的管理者，人界的居民们在她眼中，只不过是能够修改的数据文件罢了。就好比现实世界的网络沉迷者，只为了收集和整理而不停地下载着庞大的文件，而不会去在意文件里有什么东西。

卡迪纳尔在大图书馆里告诉过我，阿多米尼斯多雷特的灵魂中铭刻着的行动原则是"维持这个世界"。她说的话虽然正确，但是却并不完整。

在旧SAO世界，身为没有灵魂的管理程序，初代Cardinal系统是否将我们玩家当成人类……也就是说，认识到我们是拥有意志的生命？

答案是否定的。

我们只不过是能被管理，筛选甚至是删除的数据罢了。

存在于遥远过去的少女葵妮拉，也许是无法杀人的。

但是对现在的阿多米尼斯多雷特来说，人类已经不再是人类了。

"哦，怎么都不说话了？"

管理者在遥远的高处俯视着我们，可爱地歪着头。

"不过是对区区三百个个体进行物质转换而已，不至于那么惊讶吧？"

"你说……区区？"

卡迪纳尔用已经几乎微不可闻的声音问道。最高祭司优雅地点了点头。

"区区，仅仅，就那么一点哦，小不点。你觉得，直到这个人偶完成为止，有多少个摇光崩溃了？而且这还只是原型机而已。如果要量产完成型来对抗那讨厌的压力测试，大概需要一半左右吧。"

"你说……一半？"

"一半就是一半啊。存在于人界的大约八万个人形个体里的一半……也就是四万个个体。这样差不多就足够了吧——足够我打退暗黑帝国的进攻，还能反攻到对面去。"

阿多米尼斯多雷特很随意地说出了这种恐怖的话后，她银色的眼瞳对准了站在我左侧的骑士。

"如何，这样你满意了吗，小爱丽丝？这样就能保住你重视的人界了哦？"

爱丽丝默默地听着她像是在作弄自己的笑声。

我虽然看到她那握着金桂之剑的手在微微颤抖，但却无法马上明白，其原因是恐惧还是愤怒。

过了许久，她才勉强压抑住自己，问出了一个问题。

"最高祭司大人，与你谈人已经毫无意义了。那么，我就以一个神圣术师的身份向你询问。构成这个人偶的三十把剑……它们的拥有者，现在在哪里？"

我一瞬间陷入了迷惑。对这三十把剑进行记忆解放，将它们组成魔像的都是阿多米尼斯多雷特。因此。虽然违反了原则，但它们的拥有者还是最高祭司才对吧。

但是，爱丽丝的下一句话，却推翻了我的猜测。

"最高祭司大人不可能是拥有者。即使能够破坏'一个人只能完全支配一把剑'的原则，但是下一个原则却是绝对无法破坏的。要进行记忆解放，剑和主人之间必须有着坚定的关系。就好像我和金桂之剑，其他骑士和他们的神器，或者是桐人，尤吉欧和他们的剑一样。主人必须爱着自己的剑，同时也必须被剑所爱。祭司大人，如果组成这个人偶的那些剑起源自那些无罪的民众——你又怎么可能会为这些剑所爱！"

爱丽丝毅然决然地下了断言。

片刻之后，阿多米尼斯多雷特那神秘的浅笑打破了寂静。

"呵呵呵……幼小而愚蠢的灵魂，为何会如此鲜嫩呢。如同刚刚收获的苹果一般酸甜的感伤……让人不由得想现在就将它握碎，吸干最后一滴果汁。"

她的银瞳中出现了彩虹色的光芒，仿佛是在反映她心中的兴奋。

"不过，还不行呢。现在还不是时候。小爱丽丝，你的意思是说，我无法发挥出能将这些剑覆盖的想象力是吧。你说得很对。我的记忆领域已经没有那么多空间，无法将这么多的剑精密地记录下来。"

最高祭司优雅地伸出手指，由三十把剑构成的魔像缓缓地前进。

以我的理解，所谓的武装完全支配术，就是拥有者将武器的外观、质感、分量等所有信息都记忆下来，然后再借由命令的帮助，凭借想象的力量对武器进行改变。

也就是说，要发动武装完全支配术，所有者必须将那把剑的全部信息完整地保存在自己的脑中。

比如说，我如果要使用黑剑的武装完全支配术，首先要让光立方集群中央的公共记忆库里的"剑的信息A"，与在我摇光之中的"剑的信息B"一致，其中的误差必须无限小。这样我才能通过想象力改变信息B，来对信息A进行覆盖，也就是和他人共享这个变化。这个逻辑和之前在我身上出现的"变身现象"是相同的。

而阿多米尼斯多雷特的摇光容量，因为那三百年的人生所产生的记忆，应该已经十分紧张了，我不觉得她能将三十把剑的信息都记忆下来。尽管爱丽丝的话应该是出于她偏向于情感的信念，但同时在系统上又是正确的。

既然如此——那么构成魔像的那些剑，应该都有其各自的拥有者。他们的光立方中有着剑的记忆，灵魂中蕴藏着极其凶恶的破坏意志。

但是他们在哪里？现在这个空间已经被彻底和外界隔离开来了，也就是说，这些拥有者必须也在这个房间之中才行……

"答案就在小男孩你们的眼前。"

阿多米尼斯多雷特突然正眼看着我说道。

然后她再将视线转向左边。

"尤吉欧应该已经明白了对吧。"

"?!"

我屏住呼吸，看向站在爱丽丝对面的尤吉欧。

尤吉欧抬起诡异得没有任何表情的脸，他绿色的眼眸微微颤抖，看向头顶上的天花板。

我也跟着一起往上看去。只见那带着圆弧的天花板上，描绘着以创世纪为题材的精细画作，镶嵌于各处的水晶微微地闪着光芒。

我之前一直以为，天花板上的画和水晶都只是装饰品而已。但是尤吉欧脸上的表情无比空虚，只有那一双眼睛闪耀着异样的光芒，仿佛被吸引住似的盯着天花板看。

终于，一阵嘶哑干枯的声音从搭档的口中挤了出来。

"是吗……原来是这样……"

"尤吉欧……你发现什么了吗？"

听到我的问话，尤吉欧缓缓地向我转过头来，以带着莫大恐惧的表情低声说道：

"桐人……天花板上镶嵌的水晶……那些不是单纯的装饰。那一定就是，从整合骑士身上夺走的……'记忆的碎片'啊。"

"什……"

我惊讶得说不出话，之后卡迪纳尔和爱丽丝也发出了惊呼。

整合骑士的"记忆的碎片"。

那便是通过"整合秘仪"，从化为骑士的人类身上取出的最为重要的记忆。大部分情况下，那都是和最爱的人有关的回忆。比如说艾尔多利耶是他的母亲。迪索尔巴德则是他的妻子。

那么——那些水晶，就是构成剑魔像的那些剑的拥有者？

不。水晶充其量只是保存在摇光之中的信息片断罢了，不可能和拥有思考能力的完整灵魂一样。难以想象这些水晶能和剑产生联系，发动完全支配术。

不对——有什么事情在刺激着我的思考。

如果说这些水晶全部都是整合骑士的记忆碎片，那么其中应该有着骑士爱丽丝在六年前经过整合之后被夺走的记忆。

而这里是中央大圣堂的最顶层。

两年前，在卢利特北方洞窟里和哥布林部队战斗的时候，尤吉欧受了重伤。在治疗他伤口的过程中，我确实听到了不可思议的声音。

那个听着像是年幼少女的声音，告诉我说她会在大圣堂最顶层等待我和尤吉欧。同时，大量的神圣力涌现出来，治愈了尤吉欧的身体。

那个声音的主人，就是爱丽丝的记忆碎片吗？也就是说，从骑士身上夺走的记忆本身，就有着独立思考的能力？

但是，所有的神圣术都有着接触对象的原则。就算是阿多米尼斯多雷特，也无法从中央大圣堂往距离七百五十千米远的卢利特村传送声音和治愈力。

要引发这种奇迹，唯一的可能性就是和武装完全支配术一样，发生了"现象覆盖"。这样一来，爱丽丝的记忆碎片中保存的回忆，就是——就是……

我那高速运转的思考，被卡迪纳尔那如烈火一般的呐喊打断了。

"是吗……原来如此！该死的葵妮拉……你、你究竟还要将人玩弄到什么地步才肯罢休！"

我回过神来向前看去，只见银发的统治者悠然地露出了微笑。

"哦，应该说……不愧是小不点吗？就一个伪善的博爱主义者来说，你发现得还是挺快的。那么，你要说出你的答案吗？"

"摇光的相同特征，没错吧！"

卡迪纳尔举起右手上的黑色手杖，猛然指向阿多米尼斯多雷特。

"只要将通过整合秘仪取出的记忆碎片插入一个另一个光立方的精神原型之中，就能将它变成一个模拟的人类个体。但是这样一来智力就会受到极大的限制……变成一种只有本能冲动的生命，应该是无法使用像武装完全支配术这种高难度的命令的。"

我拼命地想要明白这些难解的话语里有着怎样的含义。

在大图书馆里，卡迪纳尔曾经说过，这个世界的婴儿，是将双亲的外貌因素以及思考与性格特征的一部分，融合到新的光立方里的精神模块后诞生的。那么现在应该也差不多，只是用从骑士身上夺走的记忆碎片，代替了从双亲身上继承的信息。

也就是说，在天花板上闪亮的水晶，就是被赋予最爱之人记忆的婴儿……但是，这样一来，两年前的"爱丽丝"为什么能够对我说话呢。刚刚出生不久的婴儿应该说不出那样的话来才是。

在我为无数的疑问而焦头烂额的时候，卡迪纳尔的话语再次传入我的耳中。

"但是，这个限制也有着漏洞。那就是插入摇光原型中的记忆碎片，和所连接武器的构成信息有着无限相同的特征。具体来说……"

贤者说到这里顿了一下，用手杖猛然戳在地板上大喊道：

"就是将整合骑士们的记忆里铭刻的最爱之人当作资源来制造剑。是这样吧，阿多米尼斯多雷特！"

刚从一时的混乱中恢复过来，我就被那仿佛能冻僵全身的巨大恐怖与厌恶吞噬了。

剑的拥有者，是从整合骑士们身上夺去的，他们的最爱之人的记忆。

而剑，就是以这些最爱之人——比如说艾尔多利耶的母亲、迪索尔巴德的妻子，恐怕还得加上她们的至亲——作为材料制造出来的。

这就是卡迪纳尔想说的事情。

尤吉欧和爱丽丝随后也像是明白了其中的道理，发出了惊愕的呻吟。

确实，如果是这样的话，理论上也许可以引发记忆解放现象。因为主视觉化机（Main Visualizer）里的信息A和摇光中的信息B，是来自于同样的事物。被赋予了记忆碎片的新生摇光，对起连接的剑强烈地思考着什么的话，是有可能化为现实的。

问题是，这个"什么"到底是什么？只有婴儿级别的思考能力的记忆碎片，到底是出于怎样的冲动，怎样的感情，来让这个巨大的剑魔像动起来的？

"欲望啊。"

阿多米尼斯多雷特似乎是看透了我的疑问，毫不在意地说道：

"想接触对方，想拥抱对方，想让对方只属于自己。这些丑恶的欲望，让这个剑人偶动了起来。"

少女眯起银眼，低低地嗤笑着。

"被插入骑士们那些记忆碎片的模拟人格们只有一个心愿——将自己唯一记得的人变成属于自己的东西，仅此而已。被固定在天花板上的他们，此时正感觉到那个人正在自己身边。但是他们触摸不到，也无法和对方合为一体。在这种能让人发狂的饥渴之中，他们只能看到阻碍他们的敌人。只要杀了那个敌人，他们所渴求的那个人就会只属于自己了。所以他们会战斗。不管受了多重的伤，不管倒下去多少次，他们都会爬起来永远战斗下去……如何？这样的构造很棒吧？欲望的力量啊……实在太美妙了！"

在阿多米尼斯多雷特的高喊之中，剑魔像渐渐接近，双眼猛烈地闪烁起来。

从它那凶恶的全身散发的金属共鸣声——在我听来，如同悲哀与绝望的嚎叫。

那个巨人，不是追求杀戮的自动兵器。

只想再见到自己唯一记得的人——许多这样的想法集合起来，驱动着这个悲哀而迷茫的孩子。

阿多米尼斯多雷特将这股驱动剑魔像的力量称作欲望。然而——

"不对！"

卡迪纳尔仿佛和我的思考同步似的大喊起来。

"想再次见到某人，想触摸对方的手，这样的感情不允许你用欲望这样的词汇来侮辱！这是——这是纯粹的爱！是人类拥有的最大的力量，也是最后的奇迹……绝不是你这样的人可以玩弄的！"

"还不是一样，愚蠢的小不点。"

阿多米尼斯多雷特的嘴角因为喜悦而扭曲，双手向剑魔像伸去。

"爱是统治……爱是欲望！所谓的爱，也只不过是摇光输出的信号而已！我只是有效率地利用了这种有着最大强度的信号而已。和你的手段比起来，可是要聪明得多了！"

统治者仿佛已经确定了自己的胜利似的高喊起来。

"你所能做到的，不过就是笼络几个无力的孩子罢了。但是我可不一样。如果算上记忆碎片，我制造的人偶里可充斥着超过三百个个体的欲望能量啊！而更重要的是……"

在刹那的寂静之后，她的口中说出了仿佛致死的毒针一般的话语。

"在知道这个事实之后，你就绝对无法破坏人偶了。毕竟，就算是人形的剑，也还是活着的人类，只不过是改变了外形而已！"

阿多米尼斯多雷特的宣告在房间里回响着。

我愕然地看着卡迪纳尔将向着剑魔像举起的手杖缓缓地放了下来。

而卡迪纳尔之后说出来的话，却平静得有点诡异。

"是啊……的确如此。我是无法杀人的，这是我绝对无法打破的限制……虽然我花费了两百年的时间来创造术式，只为了杀死已非人类之身的你……但看来也是徒劳。"

她轻易地就承认了自己的失败，而我只能茫然地听她说下去。

但也没错，既然剑魔像的剑都是活着的人，卡迪纳尔就无法消灭这些生命……不，是不会去消灭。就算她像之前以茶杯和汤杯来比喻的那样，有着可以回避行动限制的方法，她也不会去做。

呼呼，呼呼呼。

阿多米尼斯多雷特的嘴角高高吊起，像是在忍耐着大笑似的从喉咙中发出声音。

"太愚蠢了……太滑稽了……"

呼呼呼。

"你明明已经知道了这个世界的真相——所有的生命都只是可修改数据的集合罢了。即使如此，你依然将这些数据认定为人，为禁止杀人的限制所束缚……真的没有比这更愚蠢的事情了啊……"

"不，他们当然是人了，葵妮拉。"

卡迪纳尔以仿佛在教导她的口气反驳道：

"生活在Under World里的人们拥有着我们已经失去的真正感情。有着知道如何欢笑，如何悲伤，如何去爱的心。只要有了这些东西，就能将其称之为人。至于灵魂的容器是光立方还是生物的大脑，并不是本质的问题。我对此深信不疑。因此——对这次失败，我愿意当成自己的荣耀去接受。"

她最后的这句话，深深地印在了我的心上。但是，她之后的这句话，才让我真正地感到一股剧痛。

"然而，我有一个条件。我这条命可以给你……作为交换条件，我要你放过这几个年轻人的性命。"

"！"

我猛然停止呼吸，想要往前走上去。尤吉欧和爱丽丝也紧绷起身体。

但是，卡迪纳尔那小小的后背散发出的坚定意志，阻止了我们的动作。

阿多米尼斯多雷特如同将猎物按在爪下的猫一般眯起眼睛，微微歪着头说道：

"哦……现在这种状况下，接受这样的交换条件，对我有什么好处呢？"

"我刚才说过了，我这两百年来一直在创造术式。如果你真的想战斗，我就算分心将这个悲哀的人偶封住，也依然能把你的天命打掉一半左右。如果要承担这么大的负荷，你那已经

岌岌可危的记忆容量，会不会变得更加危险呢？"

"嗯……嗯……"

阿多米尼斯多雷特依然带着微笑，将右手食指抵在脸颊上，似乎在思索着什么。

"虽然我不觉得这种结果明确的战斗会威胁到我的摇光，不过倒也挺麻烦的……你所谓的'放过'，指的是把他们从这个封锁空间丢到下界的某个地方就行了吧？如果你要我永远不找他们的麻烦，那我可要拒绝了。"

"不，只要放过一次就可以。他们一定能……"

卡迪纳尔没有再说下去，而是转过了身子，用带着温和光芒的眼睛看着我。

开什么玩笑——我几乎要这样喊出来了。我这暂时的生命，怎么可能抵得上卡迪纳尔那真正的生命？我甚至认真地考虑着要不要现在就向阿多米尼斯多雷特冲去，争取时间让卡迪纳尔离开。

但是，我做不到。这种豁出一切的赌博，可是关系到尤吉欧和爱丽丝的生命啊。

握住剑柄的右手力道大得让手发痛，踩在地上的右脚则是连骨头都快发出声音。就在我处于冲动和理性的夹缝之中时，耳边传来了阿多米尼斯多雷特的声音。

"算了，也行。"

美貌的少女优雅地点了点头，脸上浮现出纯洁的笑容。

"这样我也能将有趣的游戏保留到以后再玩了……那么，向史提西亚神发誓吧。在……"

"不，不是向神，而是要向那个对你来说有着唯一而至高无上的价值的事物……对你自己的摇光发誓。"

卡迪纳尔迅速打断了她的话。阿多米尼斯多雷特的微笑中带上了一丝苦笑，再次点了点头。

"好好，那么，我向我的摇光，以及其中储存的重要数据发誓。在干掉小不点之后，我会放后面的三人平安离开。我绝不会打破这个誓约……当然，只是现在。"

"很好。"

卡迪纳尔点了点头，朝呆立在原地的尤吉欧和爱丽丝各看了几秒，然后再次向我看来。我心中洋溢的感情化为了液体，压抑不住地涌出来，让眼前变得一片模糊。

卡迪纳尔的嘴唇微微翕动，以微不可闻的声音向我说了一声"抱歉"。

而远处的阿多米尼斯多雷特则是以高亢通透的声音宣告：

"永别了，小不点。"

最高祭司的右手轻轻挥起，快要到达房间正中央的剑魔像猛然停下了脚步。

阿多米尼斯多雷特的手举向高处，手掌做出了握着什么东西的动作，随后一片仿佛凭空出现的闪耀光点飞舞起来，凝聚成一个细长的形状。

出现的物体是一把银色的轻剑。如针一般纤细的剑刃，以及有着漂亮造型的剑锷，全都是仿佛镜子一般的银白色。外形轻巧得如同装饰品，但是那极高的优先度甚至已经化为了灵光扩散开来，让人仅仅是在远处看上一眼都会觉得呼吸急促。

那一定是和卡迪纳尔的手杖相对的，阿多米尼斯多雷特个人的神器——支持她用出术式的最强资源库。

169

　　银色的轻剑发出了如铃铛一般的"叮铃"声动了起来，瞄准了卡迪纳尔。

　　贤者似乎毫不畏惧瞄准自己的这把神剑，以坚定的步伐迎着它走上前去。

　　爱丽丝和尤吉欧都身子前倾，想要将她追回来。但是我却举起左手阻止了两人。

　　按照我的想法，我也想举起剑杀向阿多米尼斯多雷特的。但是，即使凭借一腔热血冲上去，也只不过是在浪费卡迪纳尔的决心和牺牲罢了。因此我只能忍住眼泪，咬紧牙关，呆立在原地不动。

　　阿多米尼斯多雷特俯视着自己的分身，欣喜到陶醉的彩虹在她眼中旋转着。

　　随后，从那极细的剑尖中，放射出将整个房间都染成一片白色的粗大闪电，贯穿了卡迪纳尔那小小的身体。

　　在我那因为产生了光晕而模糊起来的视野中央，一个小小的身影猛然后仰。

　　巨大的雷击产生的能量一边烧焦周围的空气一边扩散开来，我也在这样的压力下往后退去，但依然拼命瞪大了双眼。

　　小小的贤者还没有倒下。她将身体靠在手杖上，两只脚坚定地站在地上，毅然抬起头看向对面的仇敌。

　　但是破坏的痕迹实在太过明显。漆黑的帽子和斗篷上到处都散发出烧焦的烟，就连那鲜艳的茶色卷发也有一部分化为了黑炭。

　　我们只能默默地呆立在原地。就在我们前方五米处，卡迪纳尔缓缓地举起左手，轻轻地拍掉了烧焦的头发。随后，一阵虽然嘶哑，但依然坚定的声音响了起来。

"哼……你的术式……也不过如此。这样的话，不管……多少次……"

轰！

一阵巨大的声响再次震撼着这个世界。

从阿多米尼斯多雷特的轻剑上，再次爆发出比刚才的规模还要大的雷击，无情地贯穿了卡迪纳尔的身体。

四方帽被吹飞，在空中化为细小的碎片消失了。那小小的身体痛苦地抽搐起来，猛然向右倒去，但是在躺倒在地上之前，她半跪在地上稳住了身子。

"我当然有手下留情啊，小不点。"

似乎已经压抑不住那快要爆发出来的狂喜，阿多米尼斯多雷特的低语声穿透了充满着焦臭味的空气。

"一瞬间就把你解决岂不是太无聊了。毕竟，这一刻我已经等了……两百年啊！"

咔嚓！

第三次雷闪。

闪电如同长鞭一样划出弧形的轨迹，从上空击中了卡迪纳尔，将她的身体狠狠地砸在地上。卡迪纳尔的身影高高地弹起，然后再次坠落下来，发出了干巴巴的声音，无力地倒在地上。

丝绒斗篷有大半都炭化消失了，穿在里面的白色上衣和黑色裤子也都开了好几个焦黑的大洞。如雪一般白皙的手脚上到处是如黑蛇一般的烧伤。

她的手依然按在地上，想要支起身子。

仿佛是在嘲笑她拼尽全力的动作似的，又一道闪电从侧面向她袭去。那小小的身影被轻易地打飞出去，在地上滚了好几米远。

"呵……呵呵，呵呵呵。"

在远处的空中，阿多米尼斯多雷特像是压抑不住似的笑了起来。

"呵呵，啊哈，啊哈哈哈。"

那双已经分不清眼白和虹彩的镜眼中，此时正旋转着耀眼的七色光芒。

"啊哈哈哈！哈哈哈哈哈哈！"

她大笑着举起轻剑——

无穷无尽的雷电从轻剑的剑尖上发射出来，执着地轰在已经无法动弹的卡迪纳尔身上。每一发雷电，都让她那小小的身躯如同皮球一般弹起。她的衣服，肌肤，头发，全身上下的一切事物都被烧得焦黑。

"哈哈哈哈哈！啊哈哈哈哈哈哈哈！"

阿多米尼斯多雷特的身体在恶魔的喜悦下扭动着，银发在空中飘扬。但是此时她的声音几乎已经传不进我的耳中了。

我的眼睛里不停地流出眼泪，视野也变得模糊扭曲，这自然不可能是因为连续的闪光灼伤了我的双眼。而是因为，此刻我心中那些翻腾的感情只有这么一个宣泄口。

对卡迪纳尔正在自己眼前慢慢失去性命而发出痛哭，对为无情的处刑而愉悦的最高祭司阿多米尼斯多雷特感到愤慨，而更多的是，对只能呆站在原地看着这一切却又无能为力的自己感到愤怒。

我无法举起剑，甚至无法往前走上一步。即使心中有一个声音在不停地告诉我，就算会使卡迪纳尔的牺牲白费，我也应该举起右手的剑冲上阿多米尼斯多雷特，但身体就是如同石化了一般动弹不得。

原因我其实是知道的。

我的心意之力，让绝命重击变为长距离技能，贯穿了元老长丘德尔金的身体。却也正是这个力量，此刻将我变成了一具泥塑木雕。

几分钟前，被剑魔像攻击的我，未能给对方造成伤害就遭到反击，受了重伤。那深深撕裂我身体的刀刃上带着的冰冷，将那强烈的败北想象烙印在了我的脑海之中。而现在，恐惧正牢牢地束缚住我的手脚，甚至让我无法再次想象出"黑色剑士桐人"。

现在的我不只打不过任何一个整合骑士，恐怕就连修剑学院的练士们都能胜过我吧。至于举剑冲向最高祭司这种事，更是不可能做到了。

"呜……呃啊……"

我听到自己的喉咙在颤抖着，发出了不堪的呜咽。

此时，理解了自己的失败，并坦然接受，还一次又一次地勇敢起身的卡迪纳尔即将在我的眼前失去生命，但是我却对她见死不救，以此来使自己得以苟活——这样的自己，让我感到无比痛恨。

站在我左边的爱丽丝咬紧了牙关，尤吉欧的身体也微微颤抖着，无声地流着眼泪。虽然我不知道他们的想法，但至少能够明白，他们和我一样为自己的无力感到不甘。

就算能逃离这里，但是凭这受伤得如此严重的心，以后又能做些什么呢——

就在无法动弹的我们面前，阿多米尼斯多雷特正高高地举起轻剑，剑刃上缠绕着可能是最后的，却也是最大的一道闪电。

"好了……也差不多该结束了。结束我和你这持续了两百年的捉迷藏。永别了，莉瑟莉丝。永别了，我的女儿……以及，另一个我。"

最高祭司用那因为狂喜而扭曲的嘴说完这句略带感伤的话后，挥下了轻剑。

化为几千条光束的最后一击打中了倒在地面上的卡迪纳尔，将她的身体烧焦破坏。

贤者那炭化的右腿自膝盖下都变成了无数的碎片，她高高地飞了起来，落到我的脚边，发出了那几乎已经感觉不到质量的轻微声响。黑色的炭粒从她的整个身体上飘出，消失在空气之中。

"呵呵呵……啊哈哈……啊哈哈哈哈哈！啊——哈哈哈哈哈哈！"

阿多米尼斯多雷特转动着右手的剑，如同跳舞一般扭动着上身，再次大笑起来。

"看到了……我看到了，你的天命在一点点地流失！啊，真是太美了……落下的每一滴，都如同最高级的宝石……来吧，让我见识一下那最后一幕。我会特别赏赐你们一段时间来告别的。"

仿佛是遵从着她的话语似的，我猛然跪在地上，向卡迪纳尔的身体伸出手去。

少女的右半边脸已经烧得焦黑，左边的眼睛也闭了起来。但是，在我的手指碰到她的脸颊时，依然感受到了那即将消失，显得无比微弱的生命温暖。

我下意识地用双手捧起卡迪纳尔的身体，将她抱在胸前。无法控制的泪水不停地滴落到那些可怕的伤口上。

她那烧到只剩一点的睫毛微微颤抖了一下，随后睁开了眼。即使即将迎来死亡，卡迪纳尔那焦茶色的眼睛里依然闪烁着无尽的慈爱光芒。

"别哭，桐人。"

她的话语不是以声音说出，而是直接在我的意识中响起。

"就这样……迎来死亡……也不错。我从来没想到……我会被心系着我的人……拥抱着……死去……"

"对不起……对不起……"

从我口中说出的话语几乎弱不可闻。卡迪纳尔在听到之后，那仿若奇迹一般没有受伤的嘴唇上露出了淡淡的微笑。

"你有……什么……好道歉的。你还有……必须……完成的使命吧。你，尤吉欧，还有……爱丽丝……我将……这个……虚幻……却又美丽的世界……"

卡迪纳尔迅速变得越来越小，身体又再次变轻了。

突然，跪在旁边的爱丽丝伸出双手，握住了卡迪纳尔的右手。

"一定……一定……"

她的声音和脸颊，都被不断留下的眼泪染得湿透。

"您所赐予的生命……我一定，会用来实现您的嘱托。"

随后，另一边的尤吉欧也伸出了手。

"我也是。"

尤吉欧的声音中，充满了坚定的意志，让人想象不到是出自于这个内向而温和的搭档之口。

"这一刻，我终于明白我必须完成的使命是什么了。"

但是——

他接下来说出的话，不只是我，还是爱丽丝，甚至是卡迪纳尔恐怕都没有想到。

"而完成这个使命的时刻，就是现在这个瞬间。我不会再逃避了。我有……必须履行的责任。"

## 14

——无力。

——我实在是太无力了。

在最高祭司阿多米尼斯多雷特用巨雷将卡迪纳尔烧焦的时候，尤吉欧咬紧牙关，脑中只是回旋着这样的念头。

原以为剑魔像是来自黑暗之国的大恶魔，但原来它和尤吉欧一样是人类……在为这件事惊讶之后，想得出这种事情，还将其付诸实施的最高祭司展现出的可怕，让他无比恐惧。但是，对他打击最大的，是对无能为力的自己感到的绝望。

尤吉欧、桐人、骑士爱丽丝以及黑蜘蛛夏洛特和贤者卡迪纳尔之所以会在大圣堂最顶层和最高祭司战斗至今，最大的原因就是尤吉欧想要将自己青梅竹马的爱丽丝·滋贝鲁库从公理教会中救出来。正是尤吉欧将这几人拖入了这个危险的境地。所以，他本应比谁都站得更靠前，受的伤比谁都多才是。

——然而，我却……

败在阿多米尼斯多雷特的诱惑下，被封印了记忆，成为了整合骑士对桐人举起了剑。在好不容易醒来之后，将桐人和爱丽丝封在冰中回到最顶层，想要一个人打倒最高祭司，但是又没能做到。在和元老长丘德尔金的战斗中只是用术式扰乱了敌人的注意力，在剑魔像攻击夏洛特、桐人以及爱丽丝的时候，自己也只能旁观。

——我有这么无力吗？

——爱丽丝的记忆碎片，此刻就在距离我只有十梅尔的地方……就藏在天花板那幅画的某个地方。结果我还没能将它取回，就只能在卡迪纳尔的牺牲下保住性命，被赶出大圣堂吗？这就是我旅途的终点吗？

最高祭司一定会把尤吉欧、桐人还有爱丽丝三个人都丢在相隔甚远的不同地方吧，甚至不一定会局限于诺兰卡鲁斯北帝国。最糟的情况是自己无法与桐人重逢，也回不到卢利特村。独自一人在陌生的异国之地一边生活，一边为公理教会的追兵而提心吊胆……同时还为自己的愚蠢与无力而后悔。

抱着起码不能闭上眼睛的念头，尤吉欧拼命地注视着击打在卡迪纳尔身上的炫目电光。

随后，尤吉欧终于发现，如果接受了被流放到异国之地的结局……这才是罪孽最为深重的选择。

最高祭司说过，要将生活在人界的民众的一半，也就是四万个人都变成剑。她要大量制造那种可怕而悲哀的怪物，与暗黑帝国的军队战斗。

这就意味着，所有的家庭与恋人都会被拆散。就像艾尔多利耶和他的母亲，迪索尔巴德和他的伴侣，爱丽丝和滋贝鲁库家的人一样。

然后，他们都会被变成丑陋而恐怖的兵器。

绝对、绝对不能容许这种毫无人性的事情发生。

——阻止这个悲剧，正是我被赋予的最后使命。我正是为此而来到这里的。虽然我没有桐人和爱丽丝那样的剑技，也没有卡迪纳尔那样的术力……但是，也一定有我能够做到的事情。有时间感叹自己的无力，不如去寻找战斗的方法。

尤吉欧呆立在原地，拼命地思考着。

蓝蔷薇之剑有一半是冰，搞不好能突破那可以阻挡一切金属的障壁，但如果鲁莽地朝最高祭司冲上去，就会被雷轰杀，或者是被剑魔像斩杀。就算发动记忆解放术，也最多只能让最高祭司停止活动。

就算想先破坏剑魔像，攻击也够不到它唯一的弱点——胸口处的敬神模块。就算能够到，他也必须准确地贯穿构成脊骨的三把大剑之间那仅有一线的空隙，而且还得穿过肋骨剑刃的攻击。要做到这一点，就需要能像最高祭司一样在空中飞翔的能力，以及能将锐利的剑刃反弹回去的铠甲。

如果能像在大图书馆里看到的那段蓝蔷薇和永冻寒冰的记忆一样，将自己的身体变成坚硬的冰块，和剑化为一体的话就好了——化为能够不为雷电和火焰所动，也不会为任何刀刃所伤的坚硬身躯。

在这个瞬间。

尤吉欧猛然瞪大了双眼。

有实现这个愿望的方法。应该是有的。

但是，就算能够实现，却还需要一样东西才行——和让剑魔像活动起来的力量相同的力量。引发记忆解放术的奇迹之力。

此时，尤吉欧仿佛听到有人在呼唤自己的名字。

仿佛有什么事物在牵引着他的目光，让他抬头看向天花板。

广大的天花板上除了中心部分以外，都画着以创世的时代为题材的画作。

众神创造了人界的天空与大地。古代人类被允许生活于其中。最终众神选出一位神使，给予了她代众神引导世人的职责。然后公理教会诞生，在央都圣托利亚的中心建起了白色的大理石巨塔。

这和尤吉欧在大图书馆的角落专心阅读过的创世纪故事一样。但是，这些大概都是虚构的，是最高祭司阿多米尼斯多雷特为了统治民众而创造出来的故事。

而充满这些虚假故事的天花板角落里，画着一只小小的鸟。它的嘴上衔着麦穗，拼命地飞翔在空中。这幅画描述的是当时大贵族严格管理着央都周边的田地，一只蓝色的小鸟从这些田地里叼了一根麦子送到边境。这是现在唯一让尤吉欧觉得可能属实的故事了。

镶嵌在小鸟眼睛里的水晶突然闪出了蓝光。

那是在很久以前，一直在尤吉欧身边的光芒。是那个与他同龄，有着一头金发的女孩子的眼睛中闪烁着的光芒——

然后，尤吉欧终于明白了自己的使命。

## ▶5

尤吉欧……到底在说什么呢。

我一边这样想，一边将视线移了过去。

有着亚麻色头发的少年，我独一无二的挚友，艾恩葛朗特流剑士尤吉欧看了我一眼，带着微笑点了点头。他很快再次看向卡迪纳尔，说道：

"卡迪纳尔女士，请用你最后的力量，将我——将我的身体变成剑吧。就像那个人偶一样。"

像是被这句话唤回了意识，卡迪纳尔微微睁开了几乎已经完全失去了光芒的眼睛。

"尤吉欧……你……"

"如果我们此时逃走的话……阿多米尼斯多雷特会把这个世界里的一半人都变成那种可怕的怪物。绝对不能让她那么做。如果要说能防止这个悲剧发生的最后可能性，那一定就在这个术式之中……"

尤吉欧露出像是明白了一切的纯粹微笑，用双手轻轻地握住卡迪纳尔的左手，低声咏唱道：

"System call...Remove core protection."

这个术式，我以前从未听闻。

尤吉欧咏唱完毕之后，轻轻闭上了眼睛。

紫色的光在他光滑的额头上描绘出了如同电路一般复杂的花纹。很快它就延伸到脸颊和脖子上，然后越过双肩，上臂，最后到达指尖。

光纹从尤吉欧的双手上微微侵入卡迪纳尔的左手，然后闪烁起来，仿佛在等待输入命令。

Remove Core Protection
解除核心防御。

从式句的含义上来看，尤吉欧现在应该是把对自己的摇光进行无限制操作的权利交给了卡迪纳尔吧。虽然不知道他为何会知道这样的术式，但从这三个单词中，可以感受到尤吉欧那坚定的决心与觉悟。

濒死的贤者接过命令，瞪大了自己完好的左眼和已经被烧坏的右眼，嘴唇颤抖起来。通过接触的肌肤，我能感受到她那仿佛在颤抖的思考。

"这样真的好吗……尤吉欧？还不知道……能不能……变回原样呢。"

额头和双颊浮现出光之纹路的尤吉欧依然闭着眼睛，用力地点了点头。

"没关系的。这就是我的责任……也是我此时此地来到这里的理由。对了，在最后还得说一件事。卡迪纳尔小姐……还有桐人，爱丽丝。金属武器无法接触最高祭司，所以我没能刺下那把短剑。"

"！"

听到尤吉欧的低语，我和爱丽丝猛然倒吸了一口凉气。

倒是卡迪纳尔没有表示惊讶——也可能是已经连这样的力量都没有了，她只是眨了下眼睛，点了点头。尤吉欧再次微微转头，继续说道：

"那么……就拜托您了。得赶在阿多米尼斯多雷特发现之前完成才行。"

"不行，快住手啊，尤吉欧。"

我蠕动着干渴的嘴，好不容易说出了这样一句话。

"如果，如果无法恢复的话……你会……你的愿望……"

即使打赢了这场战斗，但是尤吉欧没能变回人形的话，他心中那八年来的愿望……带着爱丽丝一起回到卢利特村的心愿，就再也无法实现了。

这个世界上，能够使用"将人类的肉体变换为武器"这种超高级神圣术的，只有阿多米尼斯多雷特和卡迪纳尔两人。一个是终极的敌人，另一个即将走到生命的尽头。也就是说，就算冲出了这个困境，也已经没有能将他变回人形的术者了。

我还想说些什么，但发着紫光的尤吉欧在抬头往天花板看了一眼之后，用力地点了点头。

"没事的，桐人。这是我必须做的事情。"

"！"

面对挚友的坚定决心，我无言以对。

是的，现在的我，到底又能说什么呢。

我只不过是经历了一次失败，全身到骨髓的深处就在不停地颤抖，不说举起剑，就连往前踏出一步都做不到。

我以乞求的眼神看向旁边的爱丽丝。

骑士的碧眼中充满了痛苦，却又有着和痛苦一样多的敬意。在下一刻，爱丽丝向仅仅在两天之前，被自己在学院的大讲堂面无表情地用剑鞘击打的罪人深深低下了头。

我将嘴唇咬出了血，保持着沉默。而在我的怀中，卡迪纳尔睁着眼睛，微微地点头。

"好吧，尤吉欧。我就将我一生最后的术式……献给你的决心吧。"

仿佛是蜡烛在即将燃尽之时爆发出最后的光辉，她的声音变得响亮起来，响彻在我的脑中。

猛然睁大的褐色眼睛中，出现了紫色的光芒。

从尤吉欧的手连接在卡迪纳尔手上的光之纹路发出强烈的光芒。这道光芒瞬间沿着尤吉欧的身体往上冲，在到达头顶的纹路之后迸射而出，形成了一道光柱，高高地向上延伸。

"什么！"

声音的来源是正在对面浮现出陶醉表情的阿多米尼斯多雷特。胜利的余韵瞬间从统治者脸上消失，银眼中充满了愤怒，尖锐地大喊：

"该死的，你在干什么！"

她举起右手的轻剑，对准了我和尤吉欧还有卡迪纳尔，剑刃上生成了纯白的火花。

"休想！"

整合骑士爱丽丝也同样大喊起来。

天命应该已经所剩无几的金桂之剑发出"锵"的一声，剑刃分裂开来，化为金色的锁链飞舞在空中。几乎是与此同时，仿佛能刺穿耳朵的咆哮响起，巨大的闪电奔腾而出。

锁的一头接触到了纯白的闪电。能量的奔流瞬间沿着锁链传导，向爱丽丝逼近。

但是此时金色的锁链已经伸向后方，另一头的细小剑刃刺在了地上。闪电无法从这个仓促打造的地线上逃脱，巨大的能量全部灌进了塔的构造物中，发出爆炸声和白烟后就消失了。

爱丽丝举起左手，用食指指着阿多米尼斯多雷特，向她发出了宣告：

"雷击对我是无效的！"

"区区一个骑士人偶……还真是嚣张啊！"

统治者扭曲着嘴唇恨恨地说道，然后脸上浮现出可怕的笑容，高高地举起了银色的轻剑。

"那么……这样又如何！"

剑刃的周围出现了无数的红色光点，让空气也震颤起来。数量怎么看都已经超过了三十个。如果那些全都是热素的话，那便是远远超过了人类所能驾驭的二十个素因的极限了。

在先前与丘德尔金的战斗中，已经证明了金桂之剑的完全支配术不善于应对那种不定形的火焰攻击。但是金甲骑士却没有后退的意思，右脚反而再次往前踏出一步，靴子的脚跟用力地踩在地上，发出巨大的声响。像是感觉到了主人的决心一般，形成锁链的无数细小剑刃也随着尖锐的金属音分离开来，整齐地呈网格状排列。

在两人对峙的时候，包裹着尤吉欧的紫光不断地变得越来越亮。

突然，尤吉欧的身体仿佛被抽走了力量一般。但是他并没有倒下，反而是轻轻地浮了起来。

尤吉欧闭着眼睛，平躺着漂浮在半空，身上的所有衣服仿佛蒸发一般消失了。

从额头上射出的光柱已经到达了天花板。然后仿佛是响应呼唤一般，壁画中一只在太古天空飞翔的小鸟眼中镶嵌的那块水晶发出了耀眼的光芒。

镶嵌在天花板上的约三十个水晶，也就是整合骑士们被夺走的记忆碎片，应该已经全部活性化，变成了剑魔像的"拥有者"才对。然而，小鸟中的这块水晶如同心脏跳动一般闪烁着光辉，从天花板中分离出来，在光柱中缓缓下降。

那块水晶——

搞不好，不，一定就是骑士爱丽丝的记忆碎片了。

我当时推测，爱丽丝在整合仪式中被夺走的，可能是和妹妹赛鲁卡有关的记忆。但是，如果那样的话，赛鲁卡在两年前就会被人从卢利特的教会带走，在这个房间里被变成了剑。

如果不是赛鲁卡的话⋯⋯那么那个水晶里保存的，到底是谁的记忆呢？

我心中盘旋的疑问无法得到解答。呈现双尖六角柱形的水晶静静地落下。而放在地上的蓝蔷薇之剑也浮了起来，转动了一下，用剑尖对准了尤吉欧的心脏后停了下来。

尤吉欧那健壮的身体，蓝蔷薇之剑那通透的剑刃，以及透明的水晶柱体，三者形成了一条直线。

同时，另一头的阿多米尼斯多雷特大喊着挥下了轻剑。

"都给我燃烧殆尽吧！"

漂浮在轻剑周围的三十个热素融合起来，形成一个巨大的火球发射出去。

"我说过了⋯⋯休想！"

爱丽丝也以凛然的声音喊着，向旋转的火焰伸出右手。

排列在空中的十字形细小剑刃瞬间凝聚起来，生成了一个巨大的盾牌。骑士将身体靠在盾上，脚在地上一蹬，向那熊熊燃烧的火球冲去。

碰撞。

短暂的寂静。

随后，就是让整个封锁空间都摇晃起来的大规模爆炸。肆虐的热量与闪光以及冲击波在整个房间中扩散开来，铺在地上的地毯大部分都被烧毁，就连停留在远处的剑魔像也猛烈地晃动着巨大的身躯，在它后方的阿多米尼斯多雷特也用左手挡住了脸。

但是，被爱丽丝的盾牌保护的我只是因为热浪而变得呼吸困难而已。飘浮的尤吉欧，抱在我手中的卡迪纳尔，都没有受到爆炸的影响。

几秒钟后，席卷了整个房间的火焰猛然消失——

爱丽丝在爆炸的中心点倒在了地上。随后，金桂之剑也恢复了原来的形状，仿佛失去了力量似的插在主人的身旁。

爱丽丝那身白色与蓝色的骑士服已经到处都是炭化的痕迹，还冒出了黑烟。手脚的皮肤也出现了大范围的烧伤，天命明显已经大幅减少了。似乎是失去了意识，骑士倒在地上后没有爬起来。但是她争取到了贵重的几秒钟时间，让卡迪纳尔可以完成最后的术式。

被紫色光柱包裹的尤吉欧仿佛失去了实体似的变得透明起来。而蓝蔷薇之剑也同样变得透明，像是被他的胸口吸进去似的，与他融为了一体。

然后又是一次强烈的闪光。

我下意识地眯起双眼。在我的头顶，尤吉欧的身体分解为无数的光带，然后光带又仿佛漩涡一般聚集在一起，凝结起来。

漂浮在那里的，已经不再是人的身躯了。

那是一把有着纯白中带着一丝蓝色的剑刃，剑锷呈十字状的巨剑。

剑刃和尤吉欧的身体一样长，也一样宽。从根部延伸出的优美曲线，往上渐渐收敛为锋利的剑尖。浮游的水晶柱向剑脊中央那个小小的沟槽飞去，发出轻微的声响后结合在了一起。

卡迪纳尔的左手失去了力量，落到了地上。

贤者的嘴唇微微颤抖着，那最后的式句有如微风一般流泻而出。

"Release...recollection."

铮！随着尖锐的共鸣声，双尖六角柱——爱丽丝的记忆碎片发出了耀眼的光芒。尤吉欧的剑就像在与它呼应一样，冰冷的刀身也发出了震鸣，再次往上飞起。

此时，纯白的大剑以和剑魔像完全相同的原理，自己做出了行动。从人的身体锻造的剑，身为其拥有者的记忆碎片，以及联系着两者的思念——爱之力。

但是，只有一个要素，是剑魔像有，而尤吉欧的剑所没有的。

那便是阿多米尼斯多雷特埋藏在魔像心脏部位的紫色三角柱，也就是敬神模块。正是它将驱动魔像的爱之力扭曲，变成了杀戮。

"该死的莉瑟莉丝……又干了多余的事！"

阿多米尼斯多雷特似乎很厌恶大剑放出的光芒，她背过脸去大喊道：

"就算你模仿了我的术式……区区一把破剑，又如何能对抗我的杀戮兵器！看我一击将它斩断！"

阿多米尼斯多雷特的左手猛然一挥，之前一直保持着沉默的剑魔像再次从双眼中放出蓝白色的光芒。随着刺耳的金属音，巨大的身躯开始迅速前进。

尤吉欧的剑无声地水平回旋起来，将剑尖对准了身高五米的巨人。

白色剑刃上的光辉变得更强，向周围扩散发光的粒子。

随后，大剑发出犹如铃铛一般的声音开始飞翔。纯白的光辉在空中拖出犹如彗星一样的轨迹。

"真美啊……"

卡迪纳尔在我的手中，将那微弱的念头传达到我脑中。

"人的……爱，以及意志所放出的……光芒……实在是……太美了……"

"嗯……是啊。"

我的双眼再次溢出泪水，低声答道。

"桐人……之后就……交给你……了……保护……这个世界……保护……世界上的人……"

卡迪纳尔用那清澈的眼睛注视着我，用最后的力量露出了一个安详的微笑。

看到我默默地点了点头之后，身为这个世界最大贤者的小小少女缓缓闭上了眼睛，微微吐出一口气——然后就再也没有了呼吸。

我忍住呜咽，感受着双手上的分量变得越来越轻。在我那模糊的视野中，继承了卡迪纳尔遗志的纯白大剑拍打着光之翼，笔直地飞翔在空中。

迎击它的金色巨人将双手的大剑与肋骨的小剑大大地张开，缠绕着黑色气场的无数剑刃化为凶恶的大嘴，反射着光芒。

如果只是比较优先度的数值，起源只是尤吉欧一个人的身体以及蓝蔷薇之剑的大剑，应该是不可能与三百个人类转换而成的魔像对抗的。

即使如此，尤吉欧的剑依然再次加速，冲入了严阵以待的剑刃群。

剑尖所瞄准的是魔像的身体中央——以三把剑构成的脊骨内部。那从剑与剑的空隙中泄露出来的紫色光芒。

敬神模块。

在一瞬间，金色与纯白猛烈碰撞。白光与黑光纠缠着，旋转着，然后炸裂开来。

魔像发出如同野兽咆哮的金属音，将双手和肋骨的刀刃全部交叉起来。

但是，在那之前，白色的剑就已经深深地贯穿了脊骨上那微细的空隙。

我听到了一道轻微的破碎声。从脊骨中泄露出来的紫光化为无数的碎片四散开来。

从白色的大剑贯穿的地方扩散开来的透明光辉，包裹了之前一直被如黏液一般的黑暗结合起来的三十把巨剑。

这样的光景，仿佛是尤吉欧和爱丽丝的爱，治愈了被分开的恋人们心中的悲哀。

魔像临死前发出的高频不协调音，渐渐和清澈的共鸣声同化，变为悦耳的音调扩散开来。

随后，那将我们逼入绝境的杀戮兵器拆分成几十把剑，分散到四面八方。

这些剑旋转着高高飞起，划出三十道抛物线，随着一声轰响，齐齐地插入地上，将房间中央包围起来。

在我身后，就有一把巨大的剑，如同墓碑一般屹立着。它无疑就是魔像那几乎将我的身体砍成两半的左脚。缠绕在它身上的黑暗气息已经消失无踪，现在它只是一块冰冷的金属。

天花板上那些驱动魔像的水晶也在不规则地闪烁了片刻之后，光芒渐渐黯淡下来，最终归于沉默。虽然不知道"他们"的意识现在发生了什么事，但至少阿多米尼斯多雷特那个以他们的感情为能量源的完全支配术已经被打破，再也无法使用了。

一击就将剑魔像分解的白色大剑现在依然横在空中，往外挥洒着闪亮的光点。

刀身的中央，闪烁着爱丽丝的记忆碎片。其内部保存着什么，我仿佛得到天启一般，突然领悟到了。

整合骑士有三十一人。构成剑魔像的剑是三十把。从爱丽丝的记忆碎片能够和尤吉欧的剑融合来看，唯一没有用上的记忆碎片就是爱丽丝。

那么，为什么阿多米尼斯多雷特没有制造和爱丽丝的记忆配套的剑呢？

那一定是因为爱丽丝的记忆……封存于其中的爱实在太过庞大了。年幼的爱丽丝所爱的，有尤吉欧，有赛鲁卡，有她的双亲，生活在卢利特村里的所有人以及卢利特村本身，甚至连自己和所爱的人曾经生活过，今后也将一起度过的时光，也是她所爱的对象。

就算是最高祭司，也不可能对时间和空间进行物质变换。所以阿多米尼斯多雷特没有制造和爱丽丝有联系的剑。

也正因为是这样，爱丽丝和尤吉欧创造的剑才会发出如此美丽的光辉。

"嗯……真的，很漂亮啊。"

我紧紧抱住卡迪纳尔的身子。尽管她的灵魂已经前往远离Under World与现实世界的遥远彼岸，但我依然向她低语着。

虽然没有听到她的回答，但是我能感到我怀抱中的那个小小的身体被微微的磷光包裹了起来。这些光辉和白剑上放射出的奇迹之光一样，闪烁着完全相同的清澈。

我相信，这恰好证明了卡迪纳尔，或者说是名为莉瑟莉丝的少女并不是她一直所自称的程序，而是一个有着真正感情与爱的人类。

磷光带着一丝微弱的温暖，融入了我冻僵的身体，同时她的身体渐渐变淡。从模糊变得透明，最后缓缓分解，化为纯白的光彩消散在空中。

这些光芒将这个封闭的空间彻底照亮，仿佛要将它净化一般——

但是，一道拒绝这份温暖的声音化为刀刃将其撕裂。

"这个小不点，临死的时候还要玩无聊的恶作剧。难得的快乐回忆都被她破坏了。"

即使最后的王牌也被破坏，阿多米尼斯多雷特也依然保持着傲然的态度，嘴角浮现出冷笑。

"不过呢，你们也就只能破坏一个原型而已。像这种东西，以后我还能造出几百几千个。"

她一边用左手的指尖抚摸着纯银的轻剑一边嗤笑道。明明是卡迪纳尔的同位体，但她的话语却让人感觉她已经丧失了所有的情感，让人不觉得是出自于人类之口。有着仿佛会绽放光辉的白皙肌肤与亮眼银发的身体上，渐渐缠绕起犹如瘴气的漆黑波动。

在我身体的深处，那只名为恐惧的冰冷巨蛇再次抬起了头。我下意识地握紧了已经空无一物的双手。

虽然已经破坏了本以为无人能敌的剑魔像，但是代价实在太大了。我们已经失去了世界上唯一可以与阿多米尼斯多雷特的超凡力量对抗的贤者。

我只能默默地仰视着最高祭司，但是——

浮游在空中的尤吉欧之剑，发出清脆的声音，将剑尖对准了最大也是最后的敌人。

"哦……"

阿多米尼斯多雷特眯起镜眼，低声说道：

"还想打吗，小男孩？只不过是找到破绽弄坏了我的人偶，却让你得意起来了呢。"

我不知道已经变为大剑的尤吉欧是否能够明白她的话语，但是那纯白的剑刃却一动不动地以剑尖对准着最高祭司。缠绕在剑刃上的光辉再次变强，振动声的频率也变得越来越高。

"不要啊，尤吉欧。"

我一边用嘶哑的声音喊着，一边向那发光的剑伸出左手。

"不要……不要一个人走啊。"

我被仿佛要将我烧尽的焦躁驱使着，用无力的膝盖在焦黑的地板上往前爬行。从剑上散落的一颗光点落在我拼命伸出的指尖上，弹了一下消失了。

随后——

白色大剑的剑柄上再次伸出了光之翼，猛地一拍，直直地冲向了阿多米尼斯多雷特。

统治者那珍珠色的嘴唇上泛起了凶狠的笑容。银色轻剑伴随着嘎吱作响的声音挥下，一道和击杀卡迪纳尔的那道闪电相比也毫不逊色的雷霆迸射而出，迎向逼近的光之剑。

在剑尖和闪电接触的瞬间——

一阵比剑魔像被破坏时还要强烈的冲击波扩散开来，就连跪在远处地面上的我也被它狠狠地击中。

我一边缩起身子，一边将双眼瞪到最大，看到的是阿多米尼斯多雷特的闪电被撕裂为无数细线的景象。

在一阵巨响中，电火花四散开来，在房间的各处引发了小规模的爆炸。剑一边正面破坏着超高能量的激流，一边继续往前飞去。白色的剑刃表面出现细微的裂痕，随后就一点点地碎散在空中。这些，全都是尤吉欧的身体，也是他的生命。

"尤吉欧！"

我的叫喊，被狂猛的风声盖过。

"死小鬼！"

阿多米尼斯多雷特的脸上也不见了笑容。

白色大剑终于来到雷击的源头，准确地刺在了轻剑那如针一般纤细的剑尖上。

超高频率的共振现象瞬间产生，震撼着整个封闭空间。作为阿多米尼斯多雷特神力资源库的银色轻剑，与尤吉欧和蓝蔷薇之剑融合后的白色大剑对峙了片刻。虽然看起来两者处于完全静止状态，但是我却感到，这只不过是下一次破坏的前兆。

随后发生的现象，在我眼中就如同以超慢的速度播放的慢镜头一般。

阿多米尼斯多雷特的轻剑化为了无数微小的碎片。

白色的大剑则是向外播撒着光点，断为了两截。

前半部分的剑刃旋转着飞起，无声地将阿多米尼斯多雷特的右手连肩斩断。

在那光景无声地烙印在我的眼中之后，声音和振动才终于传来。

破碎的轻剑之中涌出的庞大资源引发了彩虹色的大爆炸，将整个房间吞噬。

"尤吉欧！"

我的哀嚎这次依然被那如同嘈杂电磁噪音一般的轰响吞噬了。涌来的冲击波击打着我的身体，将我吹到了南侧的窗边。

我躲在地板上那几分钟前还是剑魔像一部分的大剑后撑过冲击波，晃晃悠悠地站起来之后，我看到的是——

双脚站在地上，左手按着右肩伤口的阿多米尼斯多雷特。

以及掉在她脚边的两个巨大的碎片。

折断的尤吉欧之剑上依然残留着微弱的白色光芒。

但是，就在我茫然凝视着的过程中，那光芒犹如心脏跳动一般闪烁着黯淡下去，最终消失。

同时，白色巨剑的碎片也开始渐渐变淡，开始变回了人的样子。

从剑尖到剑身中间处的碎片变成下半身。

而包含十字形剑锷的碎片则变成了上半身。

尤吉欧闭着眼睛，放在胸口上的右手握着水晶柱体。而就在那亚麻色的头发和牛奶色的肌肤恢复了人的质感之后——

从那分开的两截身体中，喷出了量大得可怕的鲜血，瞬间淹过了阿多米尼斯多雷特的赤脚。

"啊……啊……"

就连自己从喉咙里挤出的嘶哑声音，仿佛都已经远在天边。

世界几乎失去了所有的色彩，气味和声音也被稀释到了极限。

在那丧失感觉的世界中央，只有不停扩大的那片红色的血液显得如此鲜明。躺在深红海洋中央的尤吉欧身旁，有一个东西闪着光芒落下。

它"咚"的一声插进血泊之中，泛起淡淡的波纹。这是一把纤细的蓝银色长剑——尤吉欧的蓝蔷薇之剑。外表看起来似乎完好无损，但就在我这么想的时候，它突然发出了轻微的破碎声，剑刃的下半部分化为冰晶碎散开来。

失去了支撑的上半把剑缓缓倾斜，倒在尤吉欧的脸旁。四散的水滴落在尤吉欧的脸上，缓缓地流下。

我摇摇晃晃地往前走了两三步，猛然跪在了地上。

我睁大着空虚的双眼，仿佛要抓紧卡迪纳尔残留在我双手上的温度似的，紧紧地抱住自己的身体。但是，那微弱的温暖，不足以填满我内心不断扩大的虚无。我的意识、肉体以及灵魂仿佛都将变得空空如也。

就这样结束吧……

这样的念头，如同气泡一般从虚无的深处浮现出来。

我们……不，是我，从所有意义上来说都已经失败了。

我之所以会来到这里的原因只有一个，那就是将尤吉欧的灵魂带回现实世界。但实际上呢？我因为尤吉欧的牺牲而保住了性命，此刻正无力地在这里垂下了头颅。而即使我在Under

World里死去，也只不过是登出到"对面"而已。

——我现在只想让自己的身体变淡，从这个世界离开。

——我什么都不愿意再看，也不愿再听。

我唯一的愿望，就是希望自己能快点消失。

但是——

Under World里的一切依然是现实。其统治者也不是那会随着Bad End画面定格的程序。

阿多米尼斯多雷特站在血海之中，苍白而失去了表情的美丽脸庞上浮现出一丝淡淡的感情色彩，但又迅速消失。一阵悦耳的声音从她的口中传出，打破了房间里的寂静。

"从两百年前和莉瑟莉丝的那一战之后，我还没受过这么严重的伤。"

她的低语中似乎有着些微的赞叹。

"尤吉欧的身体所转换的剑……从数值上来看，本应是无法和我的'银色永恒'对抗的，但这个结果还真是意外。而且，没有看出这把剑没有金属属性也是我的失误。"

血珠不停地从她右肩的伤口上落下，在她脚旁的红色水面上滴出波纹。阿多米尼斯多雷特用左手接住血液，变化为几个光素和伤口接触。断面瞬间止住了血，覆盖上一层光滑的皮肤。

"好了……"

做完急救处置的统治者眨了眨眼，用她的镜眼看向了我。

"最后剩下的居然是你，还真是让我有些意外啊，对面的小男孩。虽然我对你不带管理权限就来到这里的目的感到有些好奇……但是我现在已经玩腻了，困得要命。事情的来龙去脉等我之后去问'那个人'就好，现在就以你的血液和哀嚎，来为这场战斗拉下帷幕吧。"

阿多米尼斯多雷特说完之后以优雅的动作往前走，让人感觉不出她受到了失去手臂的重伤。她跨过尤吉欧断成两截的身体，在大理石地板上踩出鲜血脚印向我走来。

少女一边走一边将左手向旁边伸出，一个白色的东西轻飘飘地从她后面飞了起来。那是一只纤细的手臂——她被尤吉欧之剑砍飞的一部分。

我本以为她会将手接回肩膀上，但是阿多米尼斯多雷特却握着这只右手的手腕，举到自己的面前轻轻地吹了口气。紫色的光芒猛然将手臂包裹起来，发出如同金属振动的声音，开始了物质结构的变换。

出现在我眼前的，是一把有着简单设计，但是剑刃和剑柄又十分优美的银色长剑。

虽然表面并不像被破坏的那把轻剑一样有着完美的镜面处理，但毕竟是以世界最高权限者的手为资源变换而成的，以这把剑的威力，一击砍下我的头想必也是轻而易举。

死亡伴随着轻微的脚步声接近。而我只是跪在地上，等待着它的到来。

几秒之后，阿多米尼斯多雷特来到我的眼前，站直了那失去了一只手却依然美丽得犹如在绽放光芒的身体，俯视着我。

我抬起头来，视线和从那银眼中放射出来的彩虹之光碰撞在一起。

少女的双眼露出一丝笑意，以温柔的声音低语道：

"永别了，小男孩。将来在那一边再见吧。"

长剑反射着月光，高高地举起。

如剃刀一般锐利的剑刃在空中划出蓝色的轨迹，向我的脖子逼近。

在下一个瞬间。

一个身影闯入我的视野。

长长的头发轻柔地在空中飞舞。

我呆呆地看着遍体鳞伤的女骑士背对着我，将双手奋力张开。

这样的景象，

我曾经见到过。

同样的错误，

我，

到底要——

——重复多少次啊!!

如闪光一般的这个念头，让时间停滞了一瞬。

在失去了声音与色彩的黑白世界里，连续发生了一些事情。

一只小小的手，轻轻抚摸着我无力地下垂着的右臂。

那些充斥着我全身的冰冷恐惧与绝望，被那温暖的手掌融化了少许。

负面的想象并没有消失。

但是，那只手的主人低声地告诉我，我可以去肯定这样的软弱。

——未能常胜不败也不需介怀。就算有时会倒下，会失败，只要心和意志还和谁联系在一起，就没有关系。

——迄今为止，曾与你一起度过一段时光，之后又离开的人，应该都是这样想的。自然，我亦不会例外。

——那么，你就能够再次站起来。

——站起来去保护自己所爱之人。

我似乎看到了，身体或者说意识的深处产生的微弱热量，向我那被冰冻起来的摇光伸出了光之纹路。

从胸口的中央，经过右肩，到达手臂，最后是指尖。

五根僵硬的手指被仿佛燃烧一般的热量包裹起来。

我的右手以前所未有的速度动了起来，伸向落在我身边的黑剑，紧紧地握住剑柄。

然后，时间再次开始流逝。

阿多米尼斯多雷特的剑，砍向为了保护我而大张着双手站在我面前的骑士爱丽丝，落在了她的左肩口上。

就在锐利的剑刃割开了烧焦的骑士服的袖子，正要砍进她白皙肌肤的瞬间——

我从地上立起挥出黑剑，剑尖在千钧一发之际从斜下方击中了银色的剑，爆出了璀璨的火花。

产生的冲击将阿多米尼斯多雷特从我和爱丽丝身边向后方推去。

我左手抱着倒进我怀里的爱丽丝，再次被吹到了窗子旁边，最后我用力地踩在地上，总算是不必撞上窗玻璃。头靠在我右肩上的爱丽丝微微将脸往左转，用蓝色的眼睛看着我。

"什么嘛……"

骑士那在防御阿多米尼斯多雷特的火焰攻击时烧伤的脸上

微微地露出一丝笑容，以嘶哑的声音低语：

"你这不是……还能动吗……"

"嗯……"

我好不容易才对她挤出一个笑容。

"接下来就交给我了。"

"那就……这样吧。"

说完这句话后，爱丽丝再次失去了意识，膝盖软了下去。

我用左手支撑着骑士的身体将她放下来，背靠着玻璃坐下。然后我深深地吸了口气，站起身来。

——接下来就交给我了，你慢慢休息吧。

——这条命是夏洛特、卡迪纳尔以及尤吉欧救下来的……现在，我将它拿来救你了。

现在我必须做的，就是至少让爱丽丝从这个封闭空间里逃出去。为此，我必须要和阿多米尼斯多雷特战斗，哪怕不能胜利，也至少要同归于尽。哪怕我的四肢被斩断，心脏被贯穿，脑袋被砍掉也在所不惜。

我坚定了这样的决心，抬起头凝视着敌人。

阿多米尼斯多雷特脸上的笑容几乎已经快要消失不见，看着自己握着剑的左手。她那柔软的手掌上有一处通红的擦伤，似乎是在刚才的冲击中受的伤。

"就算是我，也开始有些不快了。"

一阵温度极低的声音从她口中传出。

看向我的那双镜眼也仿佛要让空气结霜一般的冰冷。

"你们到底是怎么回事？为什么要做这种无用而丑陋的挣扎？战斗的结局已经显而易见了。明明是前往已经定好的终点，过程又有什么意义？"

"过程才是最重要的。可以选择是倒在地上死，还是握着剑而死。因为……我们是人类。"

我一边回答，一边闭上眼睛，再次竭尽全力地想象过去的自己。

迄今为止，在很长的一段时间里，我都不停地塑造着"黑色剑士桐人"的形象。我的这个分身如同诅咒一般，提醒着我绝对不能失败——如果失败的话，内心就会害怕自己将要失去所有归宿。

但是，现在该从这种畏惧与执着之中解放出来了。

我睁开了眼睛，长长的额发已经覆盖在眼前。我用戴着露指手套的左手将它拨开，架起右手的长剑，黑色皮革制成的长外套在空中翻飞。

阿多米尼斯多雷特站在不远处，眉头微微皱起，露出和夺走卡迪纳尔性命时相似的冷酷微笑。

"一身黑衣，这样的打扮……简直就像暗黑帝国的暗黑骑士一样。好吧，既然你如此地渴望痛苦，我就赐予你特别特别漫长而悲惨的命运好了。到时候，你反而会求我赶快杀了你呢。"

"这样可不够啊……远远不够偿还我的愚蠢。"

我说着，弯下腰，注视着最高祭司左手上握着的银色长剑。

我之前已经多次见识过阿多米尼斯多雷特的神圣术有着多么强大的威力，但现在她的资源库，也就是那把名为"银色永恒"的纯银轻剑被破坏之后，她应该是无法再连发高优先度的术式了。因此她才把自己的手变换成了一把新的剑。

剑与剑的战斗对我来说是求之不得的，但是敌人的技术却还是未知之数。恐怕她也和整合骑士们一样，是那种以单发大招为主的风格。而在第八十层和骑士爱丽丝战斗之后，我明白了这样的风格也绝对不容小觑。

论武器的优先度，恐怕也是我这边处于劣势。如果多次互拼的话，黑剑所剩无几的天命很快就将消耗殆尽。只能尽量近身，用阿多米尼斯多雷特应该还不清楚的连续技来寻找机会。

下定决心之后，我将重心再次放低，准备开始突进。向前伸出的右脚和向后拉的左脚都用力地踩在坚硬的地板上。

与我对峙的阿多米尼斯多雷特以优雅的站姿将左手的剑在后方高高举起。果然是传统流派高阶诺尔奇亚流的架势。想必她要放出的，是快到无法招架，沉重而必杀的一击吧。而我要想办法将其回避，冲到她的身边。

"呼……"

我用力地吸了口气，开始积蓄力量。

在阿多米尼斯多雷特的剑微微摇动的瞬间，我全力在地上一蹬，向前冲去。

敌人的长剑上开始出现了蓝色的光辉。在预判出她要使用的绝技——不，剑技是"垂直斩"后，我的左脚用力踩在地上，让突进的轨道向右移。垂直斩是单发垂直攻击，因此很难追击逃往外侧的敌人。

银色的长剑拖出蓝色的轨迹，以惊人的速度袭来。我将身子转向左侧，拼命地躲过剑尖。长外套猛然翻起，衣角上被开了一道直直的口子。

——躲过去了！

这次我用右脚用力踩着地板，一边回归到原来的突进轨道，一边举起右手的剑。

但是——

阿多米尼斯多雷特那把剑上的光芒没有消失。

"唔?!"

在我因为惊愕而低呼的时候,即将被我摆脱的剑尖以无视了惯性的动作与速度从我脚边挑起。此时已经无法回避,我只能收回还在举起的剑,挡在斩击的轨道上。

锵!随着强烈的金属音,一大团火花迸射出来。尽管勉强防御成功,但是那让右手手骨都感到疼痛的压力让我失去了平衡。为了不摔倒,我向后方跳去。我想通过小跳回避敌人的上挑斩击,然后马上发动反击——

但是阿多米尼斯多雷特的剑技依然超出了我的想象。

划出V字形的轨道回归到上段位置的剑再次轰响着往下斩去。重心前移的我已经无法避过第三击,左胸被划出了一道浅浅的伤口。虽然只是擦伤,但更甚于疼痛的恐惧与惊讶传遍了我的全身。

如果阿多米尼斯多雷特用出的剑技,是我所知的那一招的话……

那么,此时不管是要回避,还是要勉强尝试格挡,我都会马上中招。

"哦……哦哦!"

我怒吼着驱散了恐惧,以一个有些勉强的姿势发动了剑技。这是单发斜向攻击的"斜斩"。

这次被我猜中了。阿多米尼斯多雷特的剑以如同空间跳跃一般的速度回到头顶,发出了全力的第四击。

　　我以黑剑迎击从头顶逼近的白银剑刃，剑技之间碰撞时特有的如同爆炸一般的光效迸射而出，照亮了我和最高祭司的脸。

　　四连击技的第四击，一般来说无法以基本的单发技抵消。但值得庆幸的是，阿多米尼斯多雷特失去了右手。因此她失去了平衡，斩击也偏向了左下方。

　　两把剑发出"锵"的声音后分开，这次我终于可以用力往后跳去，离开了对方的攻击范围。

　　我用左手摸了摸胸口的伤，淡淡的红色染上指尖。虽然并不是什么需要以术式治疗的伤害，但是比起肉体的伤，反而是那件耐久度远比外表看起来要高——不过其实也只是我的想象实体化后的产物——的皮革外套上出现的破口更让我感到心惊。

　　我此时陷入了沉默，反而是阿多米尼斯多雷特一边缓缓地站起身，一边说道：

　　"单手直剑四连击剑技，'垂直四方斩'……是这个名字吧。"
Sword Skill　Vertical Square

　　传入我耳中的声音，在过了片刻之后才转换成了我能够理解的话语。

　　招式的名字和我预想的一样。但是……

　　剑　技。
Sword Skill

　　刚才，阿多米尼斯多雷特是这样说的。

　　确实，Under World中存在着和旧SAO世界相同的剑技。但是它们都被称之为"绝技"，大家不是将其视为系统辅助，而是当做了经过长年修炼后出现在剑里的力量。而且，人界里的人们所使用的绝技，都只是"雷闪斩""漩涡""天山烈波"这样的单发技。所以我才能以"艾恩葛朗特流连续剑技"在无数的比试和实战中一路过关斩将，在这最后的战斗中，我也认为只能凭它来找到唯一的机会。

但是，如果阿多米尼斯多雷特也能够使用剑技，甚至连四连击以上的大招都会，那我的优势就被抵消了。

在混乱和焦躁的夹击下，我缓缓往后退去。但是恰在此时，我看到了受到致命伤倒在地上的尤吉欧。他身体的断面上此时依然在渗出鲜血，还不知道再过几分钟他就会耗尽天命。

在更严重的焦虑的驱使下，我思考起来。

尤吉欧之前被暂时封印了记忆，成为整合骑士和我战斗。也就是说，他在整合仪式中被搜索了记忆。那么，最高祭司很有可能是从尤吉欧的记忆之中提取出了垂直四方斩的名字与动作。

如果这个推测正确的话，阿多米尼斯多雷特能够使用的剑技，应该只到单手直剑的中级技能为止。我从未对我的搭档展示过高级技能。

那么，只要我能用出四连击以上的招式，就有胜算。

单手直剑技能的最高级技可以达到十连击。此时已经不是留一手的时候了。

看到我猛然张开双脚，重新架起黑剑，阿多米尼斯多雷特微笑着说道：

"哎呀……你的眼神还是那么嚣张呢？好吧，让我玩得再开心点吧，小男孩。"

尽管被砍下了右手，天命也已经大量流失，最高祭司的口气依然显得游刃有余，让人摸不清底细。我没有再回答什么，只是用力地吸了口气，开始蓄力。

浸染在我身体与记忆之中的剑技，开始鲜明地浮现在我的脑海里。而此时我右手的剑，已经开始被蓝白色的光效淡淡地包裹起来。

从右方开始，如同画一个圆一般，将剑移动到自己头顶——

"喝！"

随着一声怒喝，我发动了单手直剑最高级剑技"新星升天"。

在无形力量的推动下，我的身体在空中超高速地飞翔。第一击是最高速上段斩，这一招在对抗大部分的剑技时都能先发制人。在单手直剑的剑技中，不存在速度比这招还快的剑技。

距离剑击中阿多米尼斯多雷特的左肩还有0.5秒。

在那感官被加速，变得如同果冻一般黏稠的时间中——

银色长剑的剑尖对准了我。

银色的闪光呈十字形亮起。

噗噗噗噗噗噗！神速的突刺六连击，纵横贯穿了我的身体。

"咳……"

鲜血从我的口中喷出。

我的十连击技在第一击就被打断，在空中徒劳地扩散出冰蓝色的光辉。

对于刚才发生的事情，我别说推测了，甚至连认知都无法做到。在剧烈的痛苦与惊讶中，我凝视着阿多米尼斯多雷特那把从我的腹部拔出的剑，摇晃着后退。

只有突刺技的六连击。

那样的剑技，在单手直剑种类中根本不存在。

我的双肩、胸口、喉咙、腹部都被贯穿了很小的伤口，鲜血从伤口中狂奔而出。我的腿失去了力量，只能用剑支撑着自己的身体，让我不至于倒下。

阿多米尼斯多雷特似乎想避开从我身上飞散的鲜血，轻巧地拉开了一段距离，用那似乎在不知不觉中变细了的剑刃捂着自己的嘴。

"呵呵呵……真是可惜啊，小男孩。"

藏在尖锐锋刃后的嘴角吊了起来，美丽的统治者仿佛嘲笑一般宣告：

"这是轻剑六连击技'十字架^Crucifixion'。"

——不可能。

我根本没在尤吉欧面前用过这一招。或者说，我用不出来这一招。只不过是在遥远的过去，我在艾恩葛朗特里见过几次而已。

感觉整个世界都扭曲了起来。不，扭曲的是我自己。面对着不可能发生的现实，我拼命地寻求着答案。

——被窥视的，是我的记忆？

——刚才那一招，是从我的摇光中盗走的？就算这样，最高祭司能完美地发动几乎都快被我忘掉的这一招吗？

"骗人……"

我喃喃地说着，声音嘶哑到连我都认不出来是自己的声音。

"这种事情……怎么可能……"

我将牙咬得嘎吱作响。因为莫名其妙的愤怒，也为了抵抗那在我背脊上徘徊不去的恐惧，我用力地将剑从地上拔出，摇摇晃晃地站直身，摆开了架势。

左手在前，右手后拉。这个动作，是打倒丘德尔金的一击必杀单发技"绝命重击"。

敌我之间的距离约有五米，射程完全足够。

"唔……啊啊啊啊啊！"

为了强行引发那快要衰退的想象之力，我用尽全力怒吼起来。架在肩膀处的剑亮起了狰狞的猩红色。那是血的颜色——或者，是暴露出来的杀意之色。

反观阿多米尼斯多雷特——

她和我一样双脚前后张开，沉下腰，以流畅的动作将左手的轻剑转到右腰处，然后就停止了动作。

似乎是在证明我几秒钟前的印象不是幻觉似的，化为细长轻剑的剑刃再次改变了形状。

剑刃的宽度与厚度增加了，还有了一个小小的幅度。单刃，细长的弯刀。那简直就像是——

但是，此时已经不需要思考了，需要的只是愤怒。

"呜啊啊啊啊啊啊！"

我发出了如同野兽一般的咆哮，将剑击出。

"喝！"

阿多米尼斯多雷特的口中，发出了经过压抑，但依然锐利的呼喝。

右腰处的剑亮起炫目的银色光芒。

然后它在空中划过一道优美的曲线轨迹，速度凌驾于以直线轨道突进的绝命重击之上。

如拔刀一般的闪光，撕裂了我的胸口。

下一个瞬间，我仿佛遭受巨拳重击一般被打飞了。剩余的大部分天命都变成了鲜红的液体，身体高高地飞在空中。

阿多米尼斯多雷特保持着左手拔刀的姿势，悠然地说出一句话，轻轻地传入我的耳中。

"日式刀单发技，'绝空'。"

这是我所不知道的剑技。

伴随着一种远超惊愕，仿佛整个世界都在崩溃的感觉，我掉在了地上。水声响起，大量的鲜血扩散开来。

但是，那不是我流出的血。我坠落的地方，正好是从尤吉欧断成两截的身体里流出来的，那片大到让人恐惧的血泊。

我的身体已经僵硬，只余双眼可以活动。我拼命地转着眼睛，看着倒在我身边的尤吉欧……或者说是尤吉欧的上半身。

两年来与我相伴的搭档，此刻正闭着眼睛，苍白的脸正面向我这边。他那凄惨的伤口依然在一点点地渗出血液，我不知道他的天命是已经耗尽，或者是还剩下一些，但是照这样下去，他应该是无法恢复意识的了。

只有一件事可以确定。

那就是，我浪费了他保护下来的性命。

我赢不了阿多米尼斯多雷特。

别说神圣术了，就连剑与剑之间的对抗，最高祭司都远远地凌驾在我之上。

她用怎样的手段学到如此多种多样的剑技，我已经无从得知。至少我可以肯定，不管是在尤吉欧的记忆，还是在我的记忆里，它们都不存在。

构建Under World所用的通用"The Seed"组件不包含剑技。导入了剑技系统的，只有继承了旧SAO服务器的ALO。但是不管是构建了Under World的RATH技术人员，还是阿多米尼斯多雷特本人，都不可能从ALO的服务器里将剑技系统盗出。

再推测下去也没有意义了。就算我找出真相，我也无法改变我此刻已经一无所有的事实。

夏洛特的牺牲，尤吉欧的决心，爱丽丝的觉悟……以及卡迪纳尔的遗志，我都——

"这表情真不错。"

我倒在地上，感受着那如同冰冷刀锋一般的声音抚摸着我的脖子。

我可以感觉到，阿多米尼斯多雷特赤脚踩在大理石地板上，缓缓向我靠近。

"应该赞叹对面的人类在感情表现上要更胜一筹吗？真想把你这哭泣的脸永远地装饰起来啊。"

她低低地笑了起来。

"还有，虽然以前觉得用剑战斗是件麻烦事，但其实还挺有趣的。这可让我直接感受到了对方的痛苦啊。小男孩，机会难得，你就再努力一下吧。好让我能将你从手指开始一点点地剁碎了来玩。"

"随便……你……"

我以微弱到几乎听不到的声音回答。

"随便你……怎么折磨……怎么杀……"

至少，让我在离开这个世界之前，尝到比尤吉欧和卡迪纳尔要强烈上几十倍的痛苦吧。

我已经没有了说话的力量，就连如同黏住一般紧紧握着黑剑的右手，也开始要松开——

就在这个瞬间。

有人在我的耳边低语。

"真不像……你啊。居然……想要放弃。"

声音断断续续，仿佛随时都会消失。

但是，我绝不会听错。

我的大脑一片空白，再次移动视线。

那双几乎让我怀念得要流泪的眼睛，在微微抬起的眼皮下看着我。

"尤……吉欧……"

我以嘶哑的声音喊着他的名字。搭档的脸上浮现出了一丝微笑。

在剑魔像的攻击下被砍断腹部的我，因为疼痛和恐惧，身体几乎无法动弹。而尤吉欧所受的伤却又要比当时的我严重得多。他的骨头和内脏都被彻底切断，痛苦应该已经强烈到几乎会让摇光崩溃的等级了——

"桐人。"

尤吉欧以微微加大了的声音再次对我说道：

"我在那个时候……爱丽丝被带走的时候，连动都动不了……而你……幼小的你，却勇敢地……向整合骑士冲去……"

"尤吉欧……"

我听得出来，这恐怕是爱丽丝在八年前被人从卢利特村带走时的事情。

但是，我当时并不在那里。我本以为他将这件事和其他场景混淆起来了，但是那绿色眼睛中的光芒却清朗而通透，让我毫不怀疑他叙述的是事实。

"所以……这次就让我……来推你一把了。来，桐人……"

你一定可以……再站起来的。不管多少次，都会……站起来
的……"

尤吉欧的右手动了一下。

我用满是泪水的眼睛，看着他从血海中拿起一块带着一丝
蓝色，反射着银光的金属——蓝蔷薇之剑的剑柄。

尤吉欧在自己流下的血中，握紧了失去一半剑刃的爱剑，
闭上了眼睛。

一阵温暖的绯红色光芒突然产生，将我们包裹起来。在我
们的身体下方，红色的海洋仿佛心跳一般地发出光芒。

"什么？"

阿多米尼斯多雷特以充满着怒气的声音叫喊道。但是无敌
的统治者却仿佛恐惧着这绯红色的光芒一般，用左手挡着脸往
后退去。

血海变得越来越亮，最后化为无数的光点，一齐漂浮起来。

发光的粒子在空中飞舞了一下之后，再次旋转着落下，被
尤吉欧握着的蓝蔷薇之剑吸收。

从剑的断面上，再次生成了新的剑刃。

物质组成变换。

看着在这个世界上本应只有两个管理者能够引发的奇迹，
我不由得屏住了呼吸。汹涌的感情波浪从我的内心深处产生，
化为新的泪水滴落在地上。

蓝蔷薇之剑很快就恢复了原来的长度，而剑上那个作为它
名字由来的精致的蔷薇浮雕，已经变成了鲜红。剑刃，剑锷，
剑柄，所有的一切都被染成了鲜艳的赤红。

尤吉欧用颤抖的手，将这把已经变成"红蔷薇之剑"的美

丽武器递给我。

我之前那几乎已经失去了感觉的左手仿佛被吸引着一般动了起来，将尤吉欧的手连着剑柄一起握住。

瞬间，一股能量流进了我身体的深处。

我并不认为这是术式。

那一定是尤吉欧的意志所产生的力量——最为纯粹的心意之力。

我确实地感觉到了，尤吉欧的摇光向我的摇光传达着那超越世界阻隔的灵魂共振。

尤吉欧的手渐渐失去力量，在将剑交给我后，就无力地掉到了地上。他再次露出微笑，从他的嘴……不，是从他的灵魂，向我的意识中传来一段短短的话。

"来，站起来吧，桐人。我的……好友……我的……英雄……"

贯穿全身的伤口已经不再痛苦。

内心深处那冰冷刺骨的虚无，已经被那仿佛在燃烧一般的炽热蒸发。

我用力凝视着尤吉欧再次闭上了眼睛的侧脸，低声说道：

"嗯……我当然会站起来。为了你，我会无数次地站起来。"

几秒钟前还没有感觉的双臂被我高高举起，我将双手紧握着的黑与红两把剑插在地上，咬着牙关站了起来。

身体几乎已经完全不听使唤了。脚在微微地颤抖，双手如铅一般沉重。即使如此，我还是摇摇晃晃地，一步一步地前进。

阿多米尼斯多雷特将背过去的脸缓缓地转回来，用蕴含着白色愤怒火焰的双眼盯着我。

"为什么——"

她的声音带上了一丝金属的味道，有些低沉而扭曲。

"为什么要如此愚蠢地抵抗命运？"

"只有……"

我以低沉而嘶哑的声音回答道：

"只有抵抗，才是我现在站在这里的原因。"

在说话的时候，我也没有停下脚步。即使多次快要倒下去，我也不停地向前走去。

分别握在右手和左手上的那两把剑，是如此沉重。

但是那明确无比的存在感给了我力量，驱动着我的双脚不断向前。

在很久很久以前，一个和这里不同的世界中，我曾经多次像这样带着两把剑赶赴生死攸关的战斗。这才是我的……"二刀流"桐人的真正形态。

以想象覆盖现实的现象再次发生，到处都是裂口的长外套瞬间变得焕然一新。虽然身体所受的伤害并没有消失，但此时天命的残余量已经无所谓了。只要手脚能动，能够挥剑，我就能继续战斗下去。

阿多米尼斯多雷特以充满了愤怒的视线看着我，向后退了一步。

一秒钟后，她似乎是发现了自己后退的事实，白皙的美貌上浮现出犹如鬼神一般的愤怒表情。

"罪无可恕……"

她没有翕动嘴唇地说出来的这句话，化为透明的火焰在她的嘴边摇曳。

"这里是我的世界。我绝对无法饶恕不请自来的侵入者摆出这样的态度。跪下身躯，伸出你的头——屈服吧！"

随着空气的震颤声，蓝黑色的黑暗气场从最高祭司的脚下涌现，化为了重重的漩涡。从刀变回单手直剑的银色剑刃也缠绕起黑暗，直直地对准了我。

"不对……"

在进入剑技的攻击距离前，我停下脚步，说出了最后的话语。

"你只不过是个篡位者。不爱这个世界……不爱生活于其中的民众，这样的人没有成为统治者的资格！"

在掷出这句话后，我摆出了架势。左手的红蔷薇之剑在前，右手的黑剑在后。

拉起左脚，沉下腰去。

阿多米尼斯多雷特的左手也缓缓地举起银剑，摆出大上段的架势。珍珠色的嘴唇中，那句被她重复了多次的话，带着最大的威压倾泻而出。

"爱是支配。我爱着一切，也支配一切！"

银色的剑上洋溢着浓密的黑暗，变得巨大起来。瞬间变成双手剑尺寸的剑刃上，混杂着黑色的气场与鲜艳的红色。最后，厚厚的剑刃如狂涛一般落下。高阶诺尔奇亚流绝技"天山烈波"——另一个名字，是双手剑单发剑技"雪崩"。

面对这个堪称Under World贵族制度的象征，多次让我和尤吉欧吃到苦头的剑技，我以交错的两把剑将其接下——二刀流武器防御技"十字格挡"。

"哦哦哦！"

我怒吼起来，用尽全身的力量将敌人的剑弹开。最高祭司的眼中闪过一丝惊讶之色。

"雕虫小技！"

最高祭司大喊着，猛然向后跳了一步，将变回单手剑的银色长剑架在和左肩等高的地方。

我也将右手的黑剑拉到相同的位置。

犹如外燃机轰鸣一般的相似振动声同时从两把剑上响起，高声共鸣起来。

黑剑与银剑都发出了血红色的光芒。

我和阿多米尼斯多雷特同时往地上一蹬，启动了同样的剑技——绝命重击。

两把剑有如镜像一般——同时像箭一样向后拉，同时进行瞬间的蓄力，同时发出更加亮眼的光效后射出。

两把剑沿着同一条直线前进，在相遇时剑尖微微地擦了一下，然后擦身而过。

伴随着沉重的冲击，我的右手自肩膀往下的地方被斩断了。

但是我的剑，也将阿多米尼斯多雷特的左手连根斩断。

握着剑的两只手高高地飞起，拖出深红的轨迹。

"可恶啊啊啊啊啊！"

失去了两只手后，阿多米尼斯多雷特的眼睛仿佛燃起了彩虹色的火焰。

长长的银发如同生物一般倒竖起来，化为无数发束在空中扭动。无数的发束尖端化为锐利的针向我袭来，想要把我贯穿。

"还没完啊啊啊啊！"

我大吼起来，左手上握着的红蔷薇之剑再次迸射出鲜红的闪光。

在艾恩葛朗特不可能出现的，二刀流绝命重击的第二击，突破了疯狂扭动的银发漩涡——

深深地刺入阿多米尼斯多雷特的胸口正中央。

无比沉重，却又充满了决定性的反馈，传到了我的手掌。这种感觉是如此鲜明，甚至让我忘记了被轻剑刺穿的痛苦，被日本刀切开的痛苦，以及被直剑斩断右手的痛苦。

我仿佛感同身受地察觉到，剑尖撕裂了阿多米尼斯多雷特那光滑的皮肤，击穿了她的胸骨，将里面的心脏破坏——也就是毁灭了一个人的生命。在察觉到这个世界的人都有着真正的摇光之后，我的内心深处就一直恐惧着这样的行为。在对元老长丘德尔金放出剑技时，这种恐惧也没有消失。

但是，只有这一击，我没有一丝犹豫。就算是为了将未来托付给我们的卡迪纳尔，我也绝不能在此时迷茫。

这样的思考只在我脑中闪过了短短的一瞬间。

贯穿最高祭司胸口中央的红蔷薇之剑放出了远超剑技光效的强烈光辉。

以尤吉欧的血为资源再生的剑刃犹如恒星的碎片一般，发着耀眼的光——

下一瞬间，发生了全资源的解放现象，也就是巨大的爆炸。

阿多米尼斯多雷特的双眼瞪大到极限，发出了无声的哀嚎。

这个世界最美丽的胴体上，到处都有细细的光线呈放射状溢出。

然后，那纯粹的能量爆炸，一边吞噬着一切，一边膨胀起来。

我如同棉絮一般被吹飞，猛烈地撞向南边的玻璃窗，反弹

了一下后摔到地上，同时还感到我右肩喷出了大量的血液。

明明已经遍体鳞伤，却还残留着如此多的血液，这实在是不可思议。我本以为我的天命终于耗尽了，但现在还有事情要做，还得继续活一会儿才行。

我看向左手上的剑，剑刃变回半截，蔷薇的浮雕也变回了蓝色。我将它轻轻地放在地上，五根手指紧紧地握住右肩。

更不可思议的是，即使我没有咏唱术式，手掌中还是溢出了白色的光芒，温暖地浸透了伤口。在感觉到出血停止的瞬间，我将手拿开。空间资源应该已经所剩不多，不能再浪费了。

我将光芒消失了的左手按在地上，站了起来。

然后我猛地吸了口凉气。

经过爆炸之后，无数发光的粒子在空中飘荡着。通过这些粒子，我看到的是——

原本应该消灭得尸骨无存的银发少女，摇摇晃晃地用自己的双脚站了起来。

她的身体也无比凄惨，让人怀疑是否还保留着人形。失去了两只手，胸口中央开了一个巨大的洞，全身遍布着裂纹，仿佛快要破碎的陶器。

而从无数的伤口中流出的，并不是血。

混杂着银色与紫色，如同火花一般的东西，剧烈地从她体内涌出，扩散到空中。眼前这副光景不由得让我想到，不只是那些变成了剑的人，就连阿多米尼斯多雷特自己的身体也称不上是"肉体"了啊。

原本仿佛由白金熔铸而成的长发已经失去了光泽，杂乱地垂了下来。隐藏在头发阴影下的嘴唇动了起来，发出的呻吟声传入我的耳中。

"居然……两把剑……都不是金属啊……呵呵……呵……"

统治者如同坏掉的人偶一样笑了起来，肩膀有些发颤。

"意外啊……真是个意外的结果……居然会受到将这里的资源全部集合起来……也无法治疗的……重伤啊……"

我之前还在想象着阿多米尼斯多雷特瞬间把伤口全部治愈这种如噩梦一般的景象，听到这句话不由得微微吐了口气。

濒死的统治者缓缓地转过行将崩溃的身体。她身上的伤口喷着火花，如同电池耗尽的玩具一样，以僵硬的动作向前走去。

她的目的地是房间的北侧。尽管那里不存在任何物体，但恐怕是有着什么东西的。必须在她到达之前给她最后一击。

我拼命地站了起来，凝视着那已经缩小的背影。然后用那比最高祭司更加僵硬的步伐，拖着脚向她追去。

在我二十米开外的阿多米尼斯多雷特似乎在往一个点走去。但是，她应该已经没有办法离开这个资源枯竭的封闭空间了。卡迪纳尔曾经说过，即使切断只需要几分钟，但要重新连接起来可不容易，而当时阿多米尼斯多雷特并没有否定。

几十秒后，最高祭司在一个依然空无一物的地方停下了脚步。

"呵、呵……这样一来，就没有……办法了。虽然比起计划……要早了许多，但我还是……先走一步了……"

"你……你说……"

还没等我把话问完，阿多米尼斯多雷特就用布满裂痕的右脚踩在地上。

她脚边那烧焦的地毯上，有一个奇异的圆形花纹。和我后方那个升降盘所在位置的花纹非常相似，却又有所不同。

直径在五十厘米左右的那个圆发出了紫色的光芒——那是我所熟悉的系统色。

在发光的圈中，有个东西随着轻微的震动开始渐渐升起。

那是一个白色的大理石柱。

以及放在上面的一台笔记本电脑。

"什……"

我在惊讶之下滑了一跤，猛然跪坐在地上。

那并不是现实世界里的笔记本电脑——外面包裹着像是水晶的半透明外壳，画面也透出了淡紫色。它和过去我曾经在艾恩葛朗特中见过一次的虚拟世界系统控制台非常相似。

也就是说，它就是——

我在这两年间一直寻求的"与外界的联络装置"。

我被近乎狂暴的冲动驱使，将左手按在地上爬行前进。但是，我的前进速度慢得让人绝望，和阿多米尼斯多雷特的距离也远到让人绝望。

尽管统治者已经失去了双手，但是她的一束头发如同生物一般浮起，用发尖迅速地敲击着键盘。画面上打开了一个小小的窗口，某种指示器开始了倒数。

随后，从阿多米尼斯多雷特的脚边出现了一个紫色的光柱——

她那遍体鳞伤的身体，开始无声地飘浮起来。

现在，少女才抬起头，笔直地注视着我。

那原本堪称完美的容貌此时已经变得十分凄惨。左侧有一道巨大的裂痕，原本安放着眼珠的地方此时充斥着一片黑暗。

曾经闪耀着珍珠般色泽的嘴唇此时已经苍白如纸，但是浮现在嘴角的笑容依然带着一丝极寒的气息。

她眯起完好的右眼，再次短促地笑了起来。

"呵呵……永别了，小男孩。下次……再见吧。到时候，就是在你的世界了。"

听到她的话语，我才终于发觉了阿多米尼斯多雷特的意图。

她想脱离这里，前往现实世界。

她想离开被天命这个绝对界限束缚着的Under World，保全自己的摇光——也就是我曾经想对爱丽丝和尤吉欧的灵魂做的事情。

"等……等等！"

我拼命地在地上爬着，放声大喊起来。

如果我是她，一定会在即将脱离之际破坏那个终端。要是她这样做了的话，所有的希望就都消失了。

阿多米尼斯多雷特的胴体以缓慢但是又稳定的速度沿着光之梯上升。

她那绽放着笑意的嘴唇在无声地道别。

后——

会——

有……

就在她的嘴快要比出最后一个字的时候——

不知何时，一个人影躲过了我和阿多米尼斯多雷特的目光，爬到了控制台的底座旁，发出了犹如哀嚎的声音。

"大人啊啊啊……把……人家……也带走吧……"

元老长丘德尔金。

原本应该被我的剑技贯穿身体，被阿多米尼斯多雷特处理掉的小丑。此时他那失去了血色的圆脸上露出了诡异的表情，如同勾爪一样弯曲着手指的双手向上空伸去。

那矮小的身躯放射出灼热的火焰燃烧起来。

在某种术式，又或者是心意之力的作用下——丘德尔金让自己化为一个火焰小丑，旋转着飞了起来。

就算是阿多米尼斯多雷特那向来都云淡风轻的脸上，此时也浮现出了惊讶，以及很可能是恐惧的表情。

就在最高祭司即将到达光之通道的出口时，丘德尔金伸出燃烧的双手抓住了她的脚。

小丑那被拖长的身体就这样在阿多米尼斯多雷特的身体上爬行起来，如同蛇一般将她卷起。熊熊燃烧的红莲业火，将两人的身体包裹起来。

阿多米尼斯多雷特的头发从发尖开始燃烧，仿佛是在熔化。

她的嘴唇扭曲，发出了仿若哀嚎的叫喊。

"放手！放开我，无礼之徒！"

但是丘德尔金似乎将主人的话语当成了爱的告白，滚圆的脸上露出了幸福的笑容。

"啊啊……终于……终于能与大人合为一体了……"

他那短小的双手紧紧地抱着阿多米尼斯多雷特的身体。少女肌肤上的那些裂痕被烧得通红，微小的碎片不停地掉落下来。

"你这种……丑陋的小丑……居然把我……"

这句话有一半都是哀嚎。最高祭司身体中喷出的银色火花，与丘德尔金的火焰混合在一起，炫目的光芒将房间照得透亮。

丘德尔金的身体不知何时已经失去了外形，变成了一团火焰。只有那幸福的脸还残留在中心，说出了最后的话语。

"啊……大人……我的……阿多米尼斯多雷特……"

然后，阿多米尼斯多雷特的身体也开始从一端燃烧起来。

统治者那被火焰包裹着的脸上已经没有了恐惧与愤怒的表情，只是用银眼看着上空。即使已经被彻底破坏，最高祭司依然无比美丽。

"我要……我的……世界……"

之后的话语已经听不到了。

肆虐的火焰急速收缩。

最后，火焰转化为银色的闪光扩散开来。

与其说是爆炸，更像是一切都回归成光，将这个空间填满。没有声响和振动，但只有"Under World里活了最久的灵魂消失"这种概念性的现象，才能够穿透封闭空间的墙壁。

之后那银色的光芒又静静地闪耀了很长的一段时间，长到让我以为世界会一直无法恢复原样。

但光芒最终还是开始变淡，我的视野又恢复了色彩。

我眨着似乎因为被光线灼伤而泪流不止的双眼，拼命地注视着爆炸的中心点。

那里已经没有任何少女和小丑存在过的痕迹了。光柱也已经消失，只剩下从地板上突出的大理石柱，以及水晶制成的虚拟控制台。

我的理性和感性都同时领悟到，最高祭司阿多米尼斯多雷特，或者说是名为葵妮拉的女性已经彻底消灭了。她的天命归零，收纳着她那个摇光的光立方被格式化了。

恐怕，那个可能就在她旁边的，属于卡迪纳尔的光立方也是一样。

"结束……了吗……"

我跪在地上，下意识地喃喃自语。

"这样……就好了吗……卡迪纳尔？"

没有人回答我。

但是，我感觉一道从我的记忆中吹出的风，轻轻抚过了我的脸颊。

那是曾在大图书馆中，与我拥抱过的卡迪纳尔身上的气味——古书、蜡烛以及甜腻的点心散发出的气味混杂在一起的风。

我伸出左手用力擦掉眼泪，看到袖子才发现身上的衣服已经从皮革长外套变回了那件黑色上衣。然后我转过身，向倒在靠近房间中央部分的尤吉欧爬去。

血液以漫长的间隙，一点点地从搭档那被惨烈切断的身体中滴下。距离他的天命耗尽已经只剩下几分钟不到的时间了。

我拼命地前进着，来到尤吉欧的身旁。为了帮他止血，我将他掉在远处的下半身搬来，严丝合缝地拼在一起。

然后我将左手按在伤口上，想象着治愈之光。

在我的手掌下生成的白光无比黯淡，不仔细看几乎都看不出来。但是我还是拼命地按着这点光芒，想让伤口能够愈合。

但是——

代表着尤吉欧生命的红色液体依然不停地从切断面中渗出，没有丝毫停止的迹象。相比起伤口的深度，治愈术的优先度低到令人绝望。尽管很明白这一点，我依然执拗地挥着手大喊着：

"止住……止住啊！为什么啊！"

在Under World里，想象的力量可以决定一切。只要强烈地去恳求，什么奇迹都有可能发生。难道不是这样的吗？

我几乎是绞尽了自己所有的灵魂之力去祈祷，去想象，然后去许愿。

但是，尤吉欧的血还是一滴一滴地落下。

想象力能够修改的，也只是物体的位置与外观而已，不可能改变优先度与耐久度这些数值属性——

尽管这样的道理从我意识的角落闪过。但是我坚决拒绝承认它。

"尤吉欧……回来啊！尤吉欧！"

我又喊了一声后，准备用嘴咬破自己的左手腕。尽管知道即使这样做也完全不够，但是我现在只能将我能够生成的资源全部用上。哪怕让我的天命和尤吉欧一起耗尽也在所不惜。

就在牙齿咬入皮肤，准备将它和肉一起撕开时——

一道微弱的声音，呼喊着我的名字。

"桐人……"

我猛然抬起头。

尤吉欧微微睁开眼，露出了微笑。

他的脸色比月光还要苍白，嘴唇上没有一丝血色。很明显，他的天命依然在不停地减少。然而他那绿色的眼睛依然和我们初遇时一样，闪烁着平静的光芒，注视着我。

"尤吉欧！"

我以嘶哑的声音喊着。

"你等着，我马上就治好你！我不会让你死……绝对不会让你死的！"

我准备再次咬破手腕。

但是，一只如冰一样寒冷，同时又如同太阳一般温暖的右手按在我的左手腕上，轻轻地握住。

"尤……"

尤吉欧微笑着制止了瞪大双眼的我。从他的嘴唇中，说出了过去在学院多次用到，只属于我们两人的暗号。

"Stay cool……桐人。"

"！"

我颤抖着胸口深深地吸了口气。

我告诉过尤吉欧，这句话是离别时的问候。但是，我绝不是为了让他像现在这样……在这种时候说给我听的啊。

我拼命地摇着头，耳边再次传来了尤吉欧的低语。

"够了……这样……就够了，桐人。"

"你说什么啊！怎么可能够啊！"

尽管我发出了犹如哀嚎的叫喊，尤吉欧的脸上依然带着满足的笑容。

"我……履行了……必须履行的……职责……而我们的道路……就在这里……分岔了……"

"怎么可能啊！我才不承认什么命运！绝对不会承认！"

我如同孩子一样，用带着哭腔的声音拼命地说着。而尤吉欧像是要教导我似的，轻轻地摇了摇头。对他来说，这种小小的动作也应该需要费很大的力气，但是他的脸上却没有露出一丝痛苦的神色。

"如果……不是这样的话……我和你……就会为了各自的

爱丽丝……战斗了。我要……取回爱丽丝的记忆……而你，则是要保护整合骑士爱丽丝的灵魂……"

我瞬间屏住了呼吸。

这正是我在内心深处为之恐惧，但是却刻意不去想的未来景象——当一切战斗都结束之后，爱丽丝·滋贝鲁库的"记忆的碎片"回归摇光的时刻到来之时，我是否会同意这么做呢？

一直到现在这一刻，我也没能得出答案。

我将这份迷茫，连同泪水一起向尤吉欧宣泄出来。

"那就……来打啊！等你的伤全都治好之后，和我打一场！你已经比我还强了！所以，为了你的爱丽丝……和我……"

但是尤吉欧的脸上，依然带着那清澈的笑容。

"我的……剑，已经……折断了……而且……我……因为自己的软弱，将心交给了最高祭司……对桐人你……举起了剑。这份罪孽……我必须……偿还……"

"没有罪孽！你哪有什么罪孽啊！"

我的左手反过来握紧了尤吉欧的右手，以混杂着呜咽的声音说道：

"你一直都做得很好！没有你的话，我们就没法打败丘德尔金，剑魔像，还有阿多米尼斯多雷特了！所以你没必要责备自己啊，尤吉欧！"

"是……吗……真是这样……就好了……"

尤吉欧喃喃地说着，大颗大颗的泪珠涌现出来，无声地流了下来。

"桐人……我啊……一直……很羡慕你。你比任何人……都坚强……能让任何人……都喜欢你……也许……就连爱丽丝……也是……我曾经……一直对此感到害怕……但是……我终于……明白了。爱……不是用来索取的……而是……用来给予的。是爱丽丝……让我明白了……这一点……"

说到这里，尤吉欧举起左手。

那在激战中受伤，已经伤痕累累的手掌中，握着一个小小的水晶。它的外形呈现为透明的双尖六角柱，正是爱丽丝的记忆碎片。

透明的柱体闪着黯淡的光芒，碰在我的右手上。

世界被白色的光芒包裹起来。

地板的硬度，被砍断的右手的痛觉全部消失。我的灵魂顺着平缓的水流，向远方驶去。就连覆盖在心上的巨大悲哀，也在温暖的光中轻柔地消融了。

随后——

刷啦刷啦，鲜艳的绿叶在高处摇曳。

阳光从树叶间透下。

仿佛是在赞美终于到来的春日暖阳，树上的新芽都尽情地伸展着小小的身躯，在微风中轻轻颤抖。不知名的小鸟们在鲜艳的黑色枝条上追逐打闹着。

"喂，你的手停下来了啊，桐人。"

因为突然被叫到了名字，我收回了看向树枝的视线。

阳光从树枝间落到我旁边坐着的少女头上，让她的金发闪耀着炫目的光泽。我眨了好几下眼睛后，才耸着肩说道：

"爱丽丝你不也是，刚才还呆呆地张大了嘴巴看着棉兔一家呢。"

"才没呆呆地呢！"

眼前这个"哼"的一声转过脸去，身上穿着蓝白色围裙的少女——爱丽丝·滋贝鲁库举起了自己手里的东西，对准阳光仔细观察。

那是一个经过认真加工，用来收藏短剑的皮革剑鞘。表面用油布磨得闪闪发光，上面用纯白的丝线绣着一头龙。龙的外形有些圆滚滚的，让人感觉很亲切，而尾巴部分只绣到一半，上面还挂着一根连着丝线的针。

"看，我这边都快做完了，你那边怎么样？"

听她这样一说，我将视线投向自己的膝盖。

在我手上的，是用森林里第二坚硬的白金橡木削成的短剑。比谁都要熟悉森林的卡利塔爷爷教给我了加工法，然后我花了两个月时间，将这种比铁还要坚硬的木材加工成形。剑刃已经完成，接下来只剩剑柄的收尾了。

"我这边更快啊。只差这么一点了。"

听到我这样说，爱丽丝的脸上浮现出了笑容。

"那就再努力一点把它们弄完吧。"

"嗯……"

我再次透过树枝往上看去，索鲁斯正从天空的正中央通过。今天从一大早就来到了这个秘密的地方干活，感觉不赶快回村子的话会坏事儿的。

"我说啊……该回去了吧，会露馅的。"

我一边摇头一边说道，爱丽丝则如同幼小的孩子似的噘起了嘴。

"没事的啦。再待一会儿……就一小会儿，好吗？"

"真拿你没办法。那真的就只多待一会儿哦。"

我们互相点了点头，再次埋头于手中的工作，然后又过去了几分钟。

"做好了！"

"做好啦！"

两人同时发出的声音，和背后踩着草来到这里的声音重合起来。

两人慌忙一边把手中的东西藏到背后，一边转过头去。

只见一个露出了吃惊的表情，柔软的亚麻色卷发整齐剪短的少年——尤吉欧正站在那里。

尤吉欧眨了眨清澈的绿色眼睛，惊讶地说道：

"什么嘛，我还想怎么一大早就看不到你们两个呢，结果是在这里啊。你们到底在做什么？"

爱丽丝和我缩了缩脑袋，对视了一下。

"露馅了啊。"

"我不都说了嘛。这下都白忙了。"

"才没有白忙呢，快点把那个拿来。"

爱丽丝将刚加工好的木剑从我手上抢走，然后用背后的手灵巧地将它插进了手上的皮革剑鞘。

然后她突然向尤吉欧跳出一步，带着如同太阳一般的灿烂笑容，大声说道：

"虽然早了三天……尤吉欧，生日快乐！"

她咻地将那把由白金橡木制成，放在绣着白龙的剑鞘里的短剑拿了出来。尤吉欧那双大大的眼睛猛地瞪圆了。

"咦……这个……是给我的？这么好的东西……"

被爱丽丝抢了功劳的我苦笑着加上了一句：

"尤吉欧，你之前不是说，你爸爸买给你的那把木剑折断了吗？所以……当然，这个还比不上你哥哥拿的真家伙，但是比杂货店里卖的木剑可是要强多了！"

尤吉欧战战兢兢地伸出双手接过短剑，像是对它的重量感到吃惊似的身体后仰，随后露出了不逊色于爱丽丝的灿烂笑容。

"真的啊……这个，比哥哥的剑还重呢！好棒……我……我会好好珍惜它的。谢谢你们，我很高兴……我还是第一次收到这么让我高兴的生日礼物……"

"喂……喂喂，别哭啊！"

看到尤吉欧的眼角出现了反射着光芒的小点，我慌忙大喊起来。

尤吉欧一边争辩着"才没哭呢"一边擦了擦脸，直直地看着我。

然后他又露出了一个笑容。

突然，这个笑容浸染在彩虹色的光芒之中。

心中突然传来感伤的抽痛，以及强烈的乡愁与丧失感。眼泪止不住地流下，打湿了脸颊。

站在一起的爱丽丝和尤吉欧也同样露出了流着眼泪的笑容——

两人异口同声地说道：

"我们……我们三个人，一起度过了同一段时光。"

"即使道路在此刻分岔……但是，回忆会永远残留。"

"永远地活在你的心中。所以——"

然后，被树叶中透下的阳光包裹着的场景消失，我再次回到了中央大圣堂的最顶层。

"所以——不要哭了，桐人。"

尤吉欧低声说着。他的双手已经失去了力量，右手落到了地上，左手则落在自己的胸口上，握住的水晶也几乎彻底失去了光芒。

刚才，那在心中的屏幕上播放的情景，的确是我的记忆。虽然只回想起了一个场景，但是，我和爱丽丝还有尤吉欧的确是从小一起长大，关系牢固得不可动摇的好友。这个事实让我的全身充满了温暖，让丧失的痛苦缓和了一些。

"嗯……回忆，就在这里。"

我用左手的手指按着自己的胸口，带着哭腔低声说道。

"永远都在这里。"

"是啊……所以我们……永远都是……好朋友。你在哪儿……桐人……我看不见你了……"

尤吉欧的脸上依然带着微笑，光芒逐渐黯淡的眼睛却彷徨起来，嘴里喊着我的名字。

我探出身，用左手抱住了尤吉欧的头。流下的眼泪一滴一滴地落在了尤吉欧的脸上。

"在这里，我就在这里啊。"

"啊……"

尤吉欧仿佛在注视着远方，脸上露出了满足的笑容。

"我看到了……在黑暗中……一闪一闪地……发着光……就像是星星一样……我每天晚上……一个人坐在基家斯西达的树根上……抬头看着……夜空里的星星……和桐人那把剑的

……光芒……很像……"

尤吉欧的声音变得越来越空灵，温柔地震颤着我的灵魂。

"对了……桐人的……黑剑……'夜空之剑'这个名字……就不错啊……你觉得呢……"

"嗯……好名字。谢谢你，尤吉欧。"

我用力地抱紧好友那变得越来越轻的身体。他最后的话语，通过我们相交的意识，如同落在水面的水滴一般响起。

"将这个……小小的……世界……如同夜空一般……温柔地……包裹起来……"

挂在睫毛上的透明水珠化为光点消失了。

尤吉欧将他那渐渐变轻的身子靠在我的手上，慢慢地闭上了双眼。

## ►6

尤吉欧站在一个不知位于何处的黑暗走廊上。

但是，他并非孤身一人。

他的左手紧紧地和身穿蓝色连衣裙，脸上露出微笑的爱丽丝的手握在了一起。

尤吉欧和爱丽丝相握的那只手上微微用力，向青梅竹马的少女说道：

"这样……就好了吧。"

爱丽丝晃着捆起那一头金发的蝴蝶结，用力地点头。

"嗯。之后的事，就交给那两个人吧。他们一定会将这个世界引导到正确的方向上。"

"是啊。那么……走吧。"

"嗯。"

不知何时，尤吉欧变回了一名幼小的少年。与和他有着同样年龄，同样身高的少女紧紧握住了手，向走廊彼端那道白光走去。

在这个瞬间——

ID为NND7–6361的人形个体的天命数值变为了零。

接收到这个信号后，控制着光立方集群的程序向装载着这个摇光的光立方发出了一个命令。

接收到这个命令的界面，忠实地将自己连接的锴结晶体格式化了。

里面那些容量达到上百亿量子比特的光子们随着一道闪光扩散开来——

那个名叫尤吉欧，活了不到二十年主观时间的灵魂，从小小的立方体中永远地解放了。

几乎同时。

在距离尤吉欧的光立方很远的地方，另外一个光立方也被进行了同样的处理。

通过非正规操作制造，拥有爱丽丝·滋贝鲁库灵魂中部分记忆的摇光，也从结晶的牢笼中被解放出来。

现在还无人知道，构成这两个灵魂的光子群到底去了何方。

## ⊦7

直到尤吉欧的身体，以及放在他胸口上的爱丽丝的记忆碎片，都如同卡迪纳尔的身躯一样化为光点消失为止，我一直跪在原地一动不动。

也不知道过去了多久。

等我回过神来，才发现玻璃窗外的闭锁空间不知何时已经消失，露出了满天的星空。横亘在遥远东方地平线的尽头山脉正在迎来淡紫色的曙光。

我此时几乎失去了全部的思考能力，摇摇晃晃地站起身，向放在远处的爱丽丝走去。

爱丽丝的伤也很严重。但幸运的是，大部分都是烧伤，所以出血很少，此时天命已经停止了持续减少。我用左手将她抱起，能够看到她虽然还没恢复意识，但是眉毛却微微颤抖着，嘴里轻轻地吐着气。

我抱着爱丽丝，缓缓地，缓缓地向房间的北端走去。

在那里，只有一个没有受到任何伤害的水晶系统终端，反射着没有生命的光芒欢迎着我。

我将爱丽丝轻轻放在地上，左手的指尖敲了一下透明的按键。屏幕亮了起来，显示出复杂的管理画面。

用户界面上几乎都是神圣语，或者是英语。在我点击了一个又一个画面之后，终于发现了我要找的东西。

External Observer Call
呼叫外部监视者。

我对写着这个名字的标签看了一会儿。

監视者。制造、推动并注视着这个世界的人们。

他们，也就是高科技企业RATH的员工们，只对我说了一句——但却是无比巨大的谎言。

在那仿佛已经成为了遥远的过去，现实世界里的2026年6月里，我以测试者的身份，参加了RATH开发的次世代型完全潜行机器"Soul Translator"（STL）的长时间连续运转实验。

测试持续时间是连续的三天。RATH方面对我的说明是，通过STL的摇光加速功能（FLA），我在测试用虚拟现实世界中度过的时间是现实世界的3.3倍，也就是十天。为了保密，测试期间的记忆被封锁了。

但这是谎言。测试中我潜入的不是什么测试用虚拟现实世界，而是我现在所在的Under World。然后，我在这里度过的时间不是十天，恐怕是十天的三百倍以上……有十年左右。

是的，我在那三天的测试之中，在人界北方边境的小村庄中，第二次体验了从幼儿期到十一岁为止的孩童时代。我和从小认识的一个有着亚麻色头发的男孩，以及一个有着金发的女孩，每天都玩得全身脏兮兮的，等到太阳快要下山的时候，三个人再一起沿着堤岸上的道路回到村子。

两年前，刚刚在这个世界醒来的我在森林中的河边看到的黄昏光景。在和尤吉欧战斗时那种仿佛孩子打闹的感觉。然后在之前，尤吉欧即将死去的时候，那和白金橡木的短剑有关的一幕，都不是幻觉。

那些是我曾经体验过，但是又被删除了的记忆碎片。我曾经和尤吉欧以及爱丽丝在卢利特村一起长大，但是却被我遗忘至今。

尤吉欧和爱丽丝一样，都被删除了与我一起成长的记忆。也许这就是为什么被最高祭司整合后的两人和其他整合骑士不同，并没有完全失去自我意志的原因。

RATH将我这个异类混入文明模拟过程之中的原因，已经完全不重要了。但是，有一件事我不能置之不理。

八年前，我也在那里。

幼小的爱丽丝被整合骑士迪索尔巴德带走的那个时候，我也在场。

尤吉欧一直以来都在自责。一直后悔自己没有救下爱丽丝。而这些悔恨，原本有一半是应该由我来承担的。但是我却一个人忘记了过去……一直到尤吉欧死去的时候，我都没有察觉到他是如此痛苦……

"呜……呜……啊……"

我的喉咙中发出了怪异的声音。用尽全力咬紧的牙齿在嘎吱作响。

我举起紧绷的右手，用颤抖的指尖，按下了呼叫监视者的按钮。

随后，一个日语的提示伴随着警告声显示出来。

"执行这个操作的话，摇光加速倍率将固定在1.0倍。是否确定？"

我毫不犹豫地按下了确定键。

突然间，感觉空气的密度增加了许多。

声音，光线，一切都被拉伸，离我远去，然后又靠近。仿佛自己的动作和思考变成慢动作的不协调感瞬间袭来，然后又瞬间消失。

在画面的正中央，打开了一个黑色的窗口。中间是一个音量计，上方一行"SOUND ONLY"的文字在闪烁。

彩虹色的音量计跳了一下。

随后它猛然升到最高。同时，一阵嘈杂的噪音传入了我的耳中。

那应该是现实世界的声音。

那是一个不管Under World里发生了什么，都过着安稳日常生活的"对面"的世界。流血，伤痛，甚至连死亡都只是例外之事的真实世界。^Real World

我将脸靠近终端，以我所能发出的最大声音，喊着引导我进入Under World里的那个男人的名字。

"菊冈……听到了吗，菊冈！"

如果此时我的手能够得到菊冈诚二郎和其他管理人的话，我搞不好会把他们活活掐死。

我将因为愤怒无处发泄而颤抖起来的左拳狠命地打在大理石桌台上，再次喊道：

"菊冈!!"

最后——某种声音从画面中传出。

那不是人的声音，而是"咔哒哒"的清脆破裂声。

我首先想起的是在几年前玩过的那个叫*Gun Gale Online*的虚拟现实网游里听到的冲锋枪连射声。但是，在这个画面的对面，应该是一个名叫RATH的小规模高科技企业，为什么会传来这种声音？

我茫然地呆站着，而随后传入我耳中的，总算是人类的声音……是一些人在紧张地大喊并交流着。

"不行了, A6通道已被入侵者占据! 开始撤退!"

"在A7坚持一下! 争取一些时间锁定系统!"

然后又传来了咔哒哒的声音。其中还间断地混杂着一些爆炸声。

这是怎么回事?

是电影吗? 还是研究室里的工作人员看在线视频的声音传进来了?

此时, 一个我似曾相识的声音, 喊着我熟悉的名字。

"菊冈二佐, 已经不行了! 放弃主控, 封闭耐压隔离墙吧!"

回答他的, 是一个低沉而响亮的声音。

"抱歉, 再撑两分钟! 现在还不能让这里被夺走!"

菊冈诚二郎——将我带到这个世界的男人。

我从来没听过他发出这么急切的声音。画面的那一头到底发生了什么?

——难道说, 是被人袭击了? RATH遭到了袭击? 但这又是为什么?

"比嘉, 锁定还没完成吗?"

回答他的, 也是一个熟悉的声音。那是RATH的研究员, 参与了我测试过程的比嘉健。

"还有八……不, 七十秒……啊……啊啊啊啊?"

也不知道比嘉是在惊讶什么, 声音都变调了。

"菊先生! 里面在呼叫! 不对, 是Under World里啊! 这是……啊, 是他, 是桐谷!"

"什……什么?"

画面中传来了向这里接近的脚步声, 然后啪地抓住话筒的声音。

"桐人，你在吗？你在那里吗？"

毫无疑问，是菊冈诚二郎。我压下心中的疑惑大喊道：

"对！菊冈……是你吗……是你干的吗！"

"回头随便你怎么骂我！现在先听我说！"

如此严肃认真的态度根本不像平时的他，让我不由得闭上了嘴。

"听好了……桐人，去找一个叫爱丽丝的少女！然后将她……"

"什么找不找的……她现在就在这里！"

我大喊着回答了他，这次是菊冈在一瞬间陷入了沉默，随后急切地说道：

"居、居然会有这种事……真是奇迹啊！很……很好，在这次通信结束后，FLA会恢复到一千倍，你马上带着爱丽丝前往 World End Altar '世界尽头祭坛'！你现在用的内部控制台是直接连接主控制室的，但是这里也快失守了！"

"失守……到底是怎么回事……"

"抱歉，现在没有时间解释了！记住，祭坛是从东之大门出去后一直往南……"

此时，最开始听到的那个声音在近距离响起。

"二佐，A7的隔离墙已经关闭。也只能争取几分钟……等等，啊，不好！敌人似乎已经开始切断主电源线了！"

"咦！不行，这样下去要糟啊！"

做出反应的不是菊冈，而是比嘉，他发出了尖利的哀嚎。

"菊先生，现在主电源线被切断的话会引发浪涌电流的！

虽然光立方集群还在我们的控制之下……但是副控里桐谷那台STL会遭到过电流……摇光会被烧毁的！"

"什么……怎么可能,STL有着多重的安全限制器……"

"已经全部关了！他现在还在治疗中啊！"

比嘉他们到底在说什么呢？

电源切断的话，我的摇光到底会怎样。

菊冈的声音再次打破了不到一秒的沉默。

"这里的锁定工作由我来完成！比嘉你带着神代博士和明日奈撤退到上轴，保护好桐人！"

"但、但是，爱丽丝该怎么办？"

"把FLA倍率提高到极限！以后的事情以后再说，现在优先保护他……"

他们之后又喊了些什么，但我几乎都没有在听。

菊冈在话语中提到的一个名字，猛烈地冲击着我的意识，让我仿佛置身于暴风雨之中。

——明日……奈？

——亚丝娜也在那里？就在RATH？但是，这又是为什么？

我将脸靠近终端，想要质问菊冈。

但是，就在我出声之前，最开始听到的那个声音发出了悲痛的呐喊。

"不行了……电源要切断了！螺旋桨停转，所有人做好防冲击准备！"

然后——

我看到了很奇异的事情。

许多白色的光柱贯穿了大圣堂的天花板，无声地落下。

而我只能呆呆地仰视着，然后被无数的光穿透。

没有疼痛，也没有冲击，甚至没有任何其他的感觉。

但即使如此，我也明白自己受到了无法挽回的巨大伤害。

我仿佛感觉到，光贯穿的不是我的肉体，而是我的灵魂。

定义了我这个生命的一些重要事物被撕裂，然后消失。

时间，空间，乃至记忆都化为了虚无的空白。

我——

就连这个字都已经失去了意义。

在被夺走思考能力的前一刻，远处传来了声音。

"桐人……桐人!!"

这声音，怀念得让人流泪，可爱到让人发狂。

这——

——到底是谁的声音呢？

（待续）

** 后记

大家好，感谢你们阅读《刀剑神域14 Alicization Uniting》。

从Beginning，到Turning，再到Rising，然后是Dividing，Alicization篇在这一集终于告一段落。

我记得，2008年末，我在和责编讨论SAO的出版时，曾经谈到过类似"先以出版到Alicization篇为目标吧"这样的话。当时觉得这个目标实在太过遥远，没有什么真实感，结果一晃眼，发现人界篇都结束了。时间流逝的速度（以及集数增加的速度）真的是很快啊……

（注意：接下来将会谈到本篇的核心内容。）

好了，从第九集到第十四集一直是桐人的搭档与好友，同时也是另一个主人公的尤吉欧终于走下了故事的舞台。在这部小说的主要角色中，他是难得的一个不那么坚持自我的人。离开故乡的村子，在央都进入了学院，然后又很快被抓，之后越狱开始登塔，在这段漫长的冒险中，他一直给人一种只是在追随桐人脚步的感觉。

其实，在将网络版修改为文库版的时候，我认真地考虑过要不要改变尤吉欧的命运。网络版里的尤吉欧直到退场都一直压抑着自己，那么既然难得有了重写的机会，让他能够抓住新的命运也未尝不可啊。

但是，最后我并没有那么做。在修改工作到达"那个场景"的时候，我怎么也无法修改已经完成的故事，仿佛是尤吉欧自已在拒绝命运的改变一样。或者说，这是以前一直压抑着自我的他在最后，也是最大的坚持。

虽然人界篇已经写完，但是Alicization篇的舞台还会再次扩展，还要再继续坚持一阵子。现实方面那些大家熟悉的角色也会一个个重新登场，希望今后大家也能多多指教！

虽然这本书摆在书店里的时候，消息已经公布了，但还是在这里告诉大家，动画版《刀剑神域2》也要在7月开始播放了。大家一定要看啊！然后这次也拖了稿，给负责插画的abec老师和责编三木先生添了很大的麻烦，实在抱歉。下一集……我会再努力的！

（注：上述时间均为日文版的情况。）

2014年3月某日　　川原砾

颠覆传统奇幻小说

『另类魔王』终于再度登场！

◎著者：[日]和原聪司 ◎绘者：[日]029

[日]和原聪司/著
[日]029/绘 Satoshi Wagahara Illustration∭Oniku

## 打工吧！魔王大人 1~11 待续

在魔王等人的全力协助下，惠美平安地返回地球。然而长时间的缺勤让她失去工作，而魔王像是要将惠美逼上绝路一般，在此时递出账单，要求赔偿拯救行动的一切花费……

或许是因为碍于自尊，惠美不愿意欠恶魔的钱，在穷尽存款的情况下开始找新工作。

定价：各24.00~35.00元

◎著者：[日]细田守

电影导演细田守2018年新作，
这个夏天，遇见未来！

## 未来的未来

爱撒娇的男孩小训迎来了刚出生的妹妹——未来。他觉得自己失去了父母的宠爱，内心感到迷茫不安。这时，来自未来的未来出现在他的面前。在她的引导下，小训踏上了穿越时空的旅程。与各种各样的人相遇之后，小训最终会抵达何处？

**定价：48.00元**

池袋情报贩子再次出动！
棒球场上的心理拉锯战！

◎著者：[日]成田良悟 ◎绘者：[日]安田铃人

## 与折原临也一起 喝彩篇 待续

折原临也一行人前来观看夜间举行的棒球比赛，得力帮手音来却在不经意间挖掘到球场不为人知的内幕。原来球场的地下仓库里发生了一起案件，而暗中进行非法交易的某股势力正试图掩盖事实。临也周转于各方当事人之间，这名爱凑热闹的情报贩子会迎来怎样的结局呢？

定价：35.00元

◎著者：〔日〕川原砾　◎绘者：〔日〕玉葱

敌人?!战友?!
第三方势力出现！

# 绝对的孤独者 1~4 待续

　　稔和雏从"液化者"的陷阱中逃离，然而雏却身负重伤。偏偏在这时，出现了新的敌人，而且是所属势力不明的第三方。深红之眼和漆黑之前都成了新敌人的攻击目标，而且实力强大，就连强大的"液化者"也处于下风。面对这个共同的敌人，稔的选择是……

定价：各22.00~35.00元

Light Novels

天闻角川

TIANWEN KADOKAWA

# Re: 从零开始的异世界生活 1~8 待续

主人公菜月昴利用"死亡轮回"获得的经验，与讨伐队一同成功击杀"狂人"培提奇乌斯！岂料多名不同的"狂人"接连出现，让讨伐队一行人陷入苦战。昴功亏一篑，最终才发现多名"狂人"均为培提奇乌斯——他使用"附身"权能获得他人身体，而昴也遭到附身，再一次陷入死亡危机。

## 定价：各28.00~34.00元

◎著者：[日]朝雾卡夫卡　◎绘者：[日]春河35

『武装侦探社』的大危机，
将由谁来打破?!

# 文豪野犬 1~4 待续

　　侦探社一行人接受委托，来到standard岛。在他们登岛后，竟然有人准备启动异能兵器。在敦追赶敌人时，一位名叫H.G.威尔斯的异能者出现，敦不清楚她究竟是敌是友……而与此同时，幕后真凶的魔爪逼近就要查明真相的太宰！在这场横滨的灭顶之灾，"武装侦探社"的大危机中，最后将如何打破？

**定价：各25.00~36.00元**

ＴＫ 天闻角川

轻文学
Light Literature

TIANWEN
KADOKAWA

**图书在版编目（CIP）数据**

刀剑神域. 14 / (日) 川原砾著；(日) abec绘；幽远译. — 杭州：浙江人民美术出版社, 2014.10 （2019.5重印）

ISBN 978-7-5340-4011-5

Ⅰ. ①刀… Ⅱ. ①川… ②a… ③幽… Ⅲ. ①长篇小说－日本－现代 Ⅳ. ①I313.45

中国版本图书馆CIP数据核字(2014)第201807号

作　　者：〔日〕川原砾
翻　　译：幽远
**责任编辑:** 褚潮歌
**特约编辑:** 林嬑
**责任校对:** 张金辉
**责任印制:** 陈柏荣

原著名:《ソードアート・オンライン14 アリシゼーション・ユナイティング》，著者: 川原礫,绘者:abec,日版设计：BEE-PEE
©REKI KAWAHARA 2014
First published in 2014 by KADOKAWA CORPORATION,Tokyo.
Chinese translation rights arranged with KADOKAWA CORPORATION,Tokyo.
Translation copyright © 2014 by Guangzhou Tianwen Kadokawa Animation & Comics Co.,Ltd.
本书中文简体字翻译版由广州天闻角川动漫有限公司策划并由浙江人民美术出版社出版。未经出版者预先书面许可，不得以任何方式复制或抄袭本书的任何部分。
浙江省版权局著作权合同登记号：11-2014-180

本书为引进版图书，为最大限度保留原作特色、尊重原作者写作习惯，故本书酌情保留了部分外来词汇。特此说明。

# 刀剑神域14 Alicization Uniting

**出版发行:** 浙江人民美术出版社
**地　　址:** 杭州市体育场路347号
**网　　址:** http://mss.zjcb.com
**经　　销:** 全国各地新华书店
**制　　版:** 广州市番禺艺彩印刷联合有限公司
**印　　刷:** 广州市番禺艺彩印刷联合有限公司
**版　　次:** 2014年10月第1版·第1次印刷
　　　　　　2019年5月第1版·第20次印刷
**开　　本:** 787mm×1092mm　1/32
**印　　张:** 8.25
**字　　数:** 185千字
**书　　号:** ISBN 978-7-5340-4011-5
**定　　价:** 35.00元